LA LIBRAIRIE DU XXIe SIÈCLE

Collection
dirigée par Maurice Olender

LYDIA
FLEM

LA REINE ALICE

roman

Éditions du Seuil

ISBN : 978-2-02-102819-5

www.seuil.com

À Lewis Carroll.
À mes anges gardiens.

De l'autre côté de soi

I

Quelque chose avait basculé.

Un instant plus tôt rien n'était arrivé, un instant plus tard tout était bouleversé.

Alice aimait revenir en songe au Pays des Merveilles ; sa phrase favorite était : « Faisons semblant. » Mais ce soir-là, à la veille des vacances, au moment d'aller se coucher, il se passa un événement tout à fait inattendu. Alors qu'elle se regardait dans la glace, essayait l'une après l'autre ses robes d'été, elle passa *réellement* de l'autre côté.

Il n'y avait plus de semblant. Le verre se brouilla, devint aussi inconsistant que de la gaze, se changea en une sorte de vapeur qu'il était aisé de traverser ; hélas, il ne s'agissait en rien d'un jeu d'enfant. Ce n'était nullement merveilleux d'entrer dans la Maison du Miroir.

– Ce n'est pas du jeu, murmura Alice en découvrant ce qu'elle découvrit.

Comment nommer ce qui venait de se passer, de surgir comme la bête dans la jungle, elle ne le savait pas.

Peu importait le mot d'ailleurs. La chose était là, à n'en pas douter, même si elle hésitait à la désigner d'un nom ou d'un autre.

Alice s'interrogeait : À quel moment la joie s'était-elle retirée ? Quand le basculement s'était-il produit ? Où était la frontière entre un ici déjà étrange et un là-bas inquiétant mais encore familier ?

À quel instant le noir avait-il cessé d'apparaître blanc et le blanc noir ? En quel point de l'espace-temps la main se refermait-elle pour devenir un poing et inversement ?

N'était-ce que le résultat d'un imperceptible cheminement ou y avait-il un seuil, une ligne rouge qui marquait un avant et un après irrévocable ? À partir de quel dixième de degré supplémentaire survenait la fièvre ? Comment sous le doigt innocent une petite boule éveillait-elle l'attention ?

Dans la partie de cartes contre le Roi et la Reine de Cœur, Alice avait perdu ; ils l'avaient condamnée :

– Qu'on lui tranche la tête !…

À peine réveillée de ce songe absurde, elle plongea dans un monde encore plus troublant où tout était non seulement sens dessus dessous mais symétriquement à l'envers. En courant à perdre haleine, on ne bougeait pas d'un pas. Quand finalement on croyait avoir avancé d'une case, on se retrouvait en arrière ; ce qui devait être à gauche se retrouvait à droite et vice versa jusqu'à brouiller tous les repères habituels. C'était extrêmement inconfortable.

Alice savait qu'elle n'avait pas d'autre choix que consentir, donner son consentement à ce qui était advenu, à ce qui *était*. Ne pas se cabrer, ne pas se révolter ; au contraire : épouser le déséquilibre, chercher les forces obliques, la botte secrète.

Dire oui.

Oui, dans les larmes et dans les rires.

Il en naîtrait peut-être des arcs-en-ciel.

II

Elle fit simplement ce qu'il y avait à faire.

Faire face, ne pas s'aveugler, agir.

Puis attendre, guetter les résultats.

C'était le pire : la passivité, ne pas savoir, n'être plus dans l'action, seulement dans l'attente, l'impuissance, la peur suivie de l'espérance, le va-et-vient de l'espoir au désespoir.

Alice se souvenait qu'au moment de son procès, s'adressant au Lapin Blanc qui lui demandait par où commencer le réquisitoire, le Roi avait ordonné :

– Commencez par le commencement, et continuez jusqu'à ce que vous arriviez à la fin ; ensuite, arrêtez-vous.

Cette marche à suivre pouvait sûrement s'appliquer dans les circonstances présentes, mais où était le début, la case de départ ?

Elle ne possédait aucun plan, aucune carte pour savoir où aller, comment se diriger sur l'échiquier de la Maison du Miroir. Devait-elle d'abord accepter de s'égarer ? Était-ce cela le commencement, la première consigne : oser l'égarement, oser perdre et se perdre ? S'enfoncer dans un non-lieu, ne pas s'épuiser à tourner en rond, à chercher une improbable issue ? Il n'y en avait pas.

Auprès d'elle, sa chatte Dinah imaginait des diversions. Tout avait un goût d'inutile, de futilité, d'absurde. Le temps était à l'orage. Irrespirable.

Après avoir déambulé le long d'interminables couloirs qui ne menaient nulle part, il y eut pourtant une pause, un moment de répit.

Soudain la vie parut retrouver des couleurs. Ce n'était pas grand-chose, trois fois rien, quelques gobelets aux tons vifs.

Du Rouge, du Bleu, du Jaune, de l'Orange, du Vert : éclatants, comme une transfusion d'énergie, un pied posé dans la puissance de l'enfance, un élan opposé au souci.

Chimio 1

I

Ses oreilles bruissaient de paroles désarticulées aux sonorités métalliques, inadéquates. Des voix sans visages jacassaient. Elle préférait les ignorer.

Alice se sentait très seule, mais sa solitude était plus réconfortante que le faux-semblant de ces présences fantomatiques qui apparaissaient puis disparaissaient sans qu'elle puisse repérer d'où elles provenaient, à qui elles appartenaient, qu'est-ce qui réglait la succession incohérente de leurs apparitions et de leurs disparitions.

C'en était trop.

Elle se concentra sur les cases de l'échiquier de la Maison du Miroir, peut-être trouverait-elle quelque part la porte d'un jardin. L'expérience du Pays des Merveilles lui avait appris que les jardins n'étaient jamais loin des maisons. La compagnie des fleurs et des insectes, des pièces d'eau et des arbres, d'un parterre de sable soulevé par le vent, la vue des nuages au loin l'éloigneraient peut-être de la désorientation où elle était plongée.

Elle s'assit en tailleur par terre pour réfléchir.

Dans le labyrinthe de ses pensées, elle demeurait prisonnière. Il y avait trop de nouveauté, trop d'étrangeté. Elle aurait voulu trouver une sortie, mais l'heure n'avait pas sonné. Elle le savait ; s'en voulut d'oublier les bonnes résolutions qu'elle venait d'adopter.

Si au moins elle pouvait s'inventer un fil, un fil de fiction pour reprendre pied dans la réalité…

II

C'est alors qu'elle croisa un ver à soie aux rayures multicolores. Dès qu'il s'approcha d'elle, deux grandes ailes translucides, impalpables, se déployèrent.

– Bonjour, dit Alice.

– Bonjour, répondit le visiteur imprévu. Que puis-je pour vous ?

– Pouvez-vous donc quelque chose pour moi ? J'ai peur que vous vous mépreniez. Personne ne peut rien pour personne. Chacun est seul avec sa solitude.

– En effet. Cela va de soie, non, de soi, excusez ce jeu de mots, je n'arrête pas d'en faire, d'en défaire aussi. Ne vous en faites pas, si vous me connaissiez mieux, vous vous déferiez davantage, vous vous sentiriez mieux alors. Vous devriez essayer. Je reviendrai bientôt, au revoir !

Sans lui donner le temps de le saluer, le Ver à Soie disparut, laissant Alice songeuse. Ainsi donc n'était-elle plus seule à penser qu'il valait mieux s'attendre à ce que les choses de la vie ne soient pas ce que nous voulons qu'elles soient.

Était-ce une consolation ?

Le début d'une réponse ?

Qu'allait-il encore lui arriver ?

III

Alice était bien misérable ce jour-là. C'était un dimanche. Elle n'avait croisé personne sur son chemin, ni Dinah, ni le Ver à Soie, ni aucune sorte de créature qui aurait pu l'encourager ou la consoler, l'aider à accepter la perte et la décomposition.

Elle ne dormait plus ; elle ne mangeait plus. Tout disparaissait sous ses doigts. Sans rime ni raison. Dès qu'elle se penchait pour cueillir une fleur, celle-ci se fanait, si elle s'approchait d'un papillon, il s'évanouissait.

Au milieu de l'après-midi, elle voulut se distraire, commença à lire une histoire russe, celle de l'homme qui découvrait qu'il avait perdu son nez.

Cette disparition, avait-il d'abord espéré, n'était qu'une illusion, une telle mésaventure paraissait proprement impossible. Pour se convaincre qu'il n'en était rien, il entra dans une confiserie afin d'y trouver un miroir où se mirer. Il ne s'était pas trompé, son nez n'était plus là, rassurant au milieu du visage.

La tête entre les mains, Alice poursuivait sa lecture

de Gogol lorsqu'elle remarqua que ses cheveux n'étaient plus là où ils devaient être. Ils gisaient, répandus autour d'elle. Elle toucha son crâne, il était nu comme celui d'un nouveau-né.

À coup sûr, se dit Alice, il n'y avait aucun doute, cette disparition signait le commencement du commencement.

IV

Sans chercher, elle venait de le trouver.

Il l'attendait sur une table au centre de la serre.

Elle se faufila parmi des plants de tomates géants, des potirons de toutes les tailles, des fleurs de courgette, des racines de gingembre qui envahissaient l'espace du sol au plafond.

D'abord elle remarqua les deux petits bonshommes de bois qui tenaient de leurs bras délicats une couronne de lierre. Elle la déposa sur son front, puis aperçut la chambre obscure et sans hésitation s'y engouffra.

Un escalier en colimaçon dont chaque degré était une lentille de verre taillée dans du cristal de roche la conduisit jusqu'au fond d'un puits. Des rayons de lumière traversaient l'espace en de minces et vives diagonales qui dessinaient des signes mystérieux sur les murs. Elle fut prise de vertige en cherchant à les suivre des yeux.

Tout le long des parois des objets d'optique reposaient sur des présentoirs couverts de velours. Chacun d'eux portait une étiquette à son nom : bagues, soufflets à crémaillère, foyer, diaphragme, catadioptre, bonnettes, objectifs à focale, lunettes astronomiques, longues-vues, microscopes, loupes, prismes réflecteurs, sténopé.

Au moment où elle atteignait le bas des escaliers, posait un pied hésitant sur le dallage de marbre d'une vaste salle, vint à sa rencontre une gracieuse licorne qui lui fit la révérence.

– Soyez la bienvenue, je suis la messagère des étoiles. Servez-vous de tous les instruments qui se trouvent réunis ici, jouez-en, puis emportez celui-ci, dit-elle, déposant entre les doigts d'Alice une *camera obscura* aussi délicate qu'un bijou.

La Licorne ajouta en appuyant sur chaque syllabe :

– À votre seul désir !

Intimidée, Alice esquissa à son tour une salutation respectueuse, plia légèrement les genoux, inclina sa tête couronnée de lierre. Ne lui laissant l'occasion ni de la remercier ni d'engager la conversation, l'animal fabuleux s'éloigna, mais en disparaissant prononça à nouveau ces mots :

– À votre seul désir !

« À votre seul désir… seul désir… », répétait l'écho.

Désorientée, éblouie, elle se tenait immobile.

Était-ce une invitation, un commandement, une direction à prendre ? Pouvait-elle perdre et recevoir en même temps ? La lumière, les couleurs offraient-elles les voies d'un égarement nécessaire ? Le dénuement cachait-il des joies inconnues ? Que lui réservait encore la Maison du Miroir ? De quels faux reflets devait-elle guérir ? Avait-elle un jour abandonné une part de soi, cessé de désirer ? Fallait-il tout reprendre à zéro ?

Elle se promena au milieu des jeux de lumière avant de monter lentement, très lentement les escaliers, le souffle de plus en plus court. Elle s'arrêta à mi-chemin, haletante, la main sur le cœur, se reposa, puis reprit sa route vers la sortie.

Dès qu'elle émergea au centre du jardin, elle sentit qu'elle n'avait plus la force de rejoindre sa chambre. Elle s'allongea dans l'herbe et s'endormit.

Alice tenait serré au creux de sa paume le don de la Licorne.

V

Alice fit un rêve où elle se voyait en grande conversation avec le Chapelier et son acolyte, le Grand Chimiste.

L'un et l'autre s'accordaient à reconnaître que la plupart des couvre-chefs étaient hideux ou mal portés, en particulier la série des bérets, casquettes et képis. Alice plaidait la cause des capelines, des chapeaux de paille d'Italie, des bibis à voilette bordés de plumes ou de fruits, mais s'indignait qu'on puisse imposer le port du bonnet, de la cagoule, du passe-montagne ou, pire que tout, du fichu noué sous le menton. Le Chapelier ne jurait que par les chapeaux melon, les bicornes, les tricornes, les borsalinos ou les hauts-de-forme.

Le Chimiste se taisait, il n'avait pas d'opinion sur le sujet et ne voulait surtout froisser personne.

C'est alors que la Reine d'Angleterre les dépassa avec sur le visage un air de dédain sévère, la tête surmontée non pas d'un seul chapeau mais d'une véritable pièce montée de chapeaux emboîtés les uns sur les autres en un amoncellement grotesque qu'elle portait avec une dignité sans faille.

Dès que la souveraine se fut éloignée de quelques pas, Alice conclut en cherchant l'approbation du maître chapelier que rien n'était plus seyant qu'une simple couronne de fleurs champêtres, mais ce dernier protesta avec énergie qu'il ne pourrait jamais accepter de mettre sa profession en péril au profit des tresses de pâquerettes, de coquelicots ou de lilas rose.

C'est à cette seconde que la rêveuse ouvrit les yeux, vit que le joli serre-tête de feuilles de lierre avait déserté son front pour choir sur la pelouse, déjà desséché, le temps d'un rêve.

VI

Il faut trouver autre chose à me mettre sur le crâne, quelque chose de joli, de séduisant, s'encourageait Alice qui avait toujours adoré les écharpes. Mais où étaient son armoire, ses tiroirs ? Comment pouvait-elle remettre la main dessus dans cette maison où tout était à l'envers ?

En pénétrant dans le hall d'entrée, elle hésita un instant, puis, mue par quelque réminiscence souterraine, se dirigea vers la chambre de droite, mais ce n'était pas la sienne ; elle pivota d'un demi-tour et rejoignit d'un pas décidé la chambre opposée. Cette fois-ci c'était la bonne.

Du semainier et de ses sept tiroirs s'échappèrent des foulards de toutes les couleurs : des bleu de mer, d'azur, de cobalt, des rose fuchsia, framboise, grenadine, des rouge amarante, vermillon, des gris gorge-de-pigeon, des violacés aubergine, prune, myrtille.

Elle choisit d'abord une étoffe de soie plissée, l'enroula autour de sa tête, mais le fragile échafaudage glissa aussi vite qu'elle l'avait noué. Alors elle torsada une autre écharpe, mais le tissu soyeux ne tenait guère mieux en place. Elle s'appliqua encore un moment, puis abandonna la partie.

– Oh, flûte, souffla Alice, agacée, fatiguée d'avoir tenu si longuement ses bras en l'air en vain.

– Ne vous impatientez pas, lui conseilla le Ver à Soie qui venait de surgir de nulle part.

– C'est facile à dire, répliqua-t-elle. Que puis-je faire si ces méchants turbans n'entendent pas raison ? Ils n'en font qu'à leur tête, mais c'est à la mienne qu'ils doivent obéir pour l'enjoliver ! Regardez de quoi j'ai l'air, c'est pitoyable, je ressemble à un cadeau de Noël mal ficelé ou à un œuf de Pâques enrubanné à la va-comme-je-te-pousse. Je ne m'en sortirai jamais, se plaignit-elle, tandis que de grosses larmes roulaient sur ses joues.

– Un peu de patience, voyons. Ne vous entêtez pas sinon ils continueront à faire leurs quatre volontés, pas les vôtres. Il faut agir avec circonspection et ruse. Réfléchissons posément, c'est le plus important. Commençons par le commencement.

– J'ai déjà entendu cette phrase quelque part, ironisa Alice, dont la tristesse virait à l'exaspération.

– C'est cela, c'est cela, répétait le Ver à Soie, dont les rayures étaient roses et vertes ce jour-là.

Il balaya du regard la pièce.

– N'avez-vous donc pas quelque chose de moins glissant à poser sur le haut de la tête, demanda-t-il, une calotte en coton par exemple, sur laquelle nouer vos jolis foulards ?

– Ah, mais oui, se souvint Alice, je possédais jadis une résille avec un petit nœud de soie à son bord…

– Voilà ce qu'il vous faut, affirma le visiteur imprévu.

– Diable, où l'ai-je cachée ? Je cherche, je cherche… sans succès… Je ne la vois nulle part, peut-être ne l'ai-je pas gardée ; je ne la portais presque jamais du temps de mes cheveux longs… Peut-être un soir pour dîner au dernier étage de la tour Eiffel ou à l'anniversaire de ma mère l'Oye, dit Alice exténuée, s'effondrant dans un fauteuil.

– Obstinez-vous ! On n'a rien sans effort. Cherchez encore, elle est sûrement dissimulée dans un endroit bizarre ou trop évident, ajouta le Ver à Soie, qui ne renonçait jamais à trouver la solution. Soyez un peu têtue, vous dis-je !

– Mais… Vous venez de me dire que je m'entêtais à tort… Vous m'embrouillez à la fin : dois-je ou non tenir tête ? Vous dites une chose et son contraire.

– En effet, reconnut-il. Les choses sont toujours un peu plus compliquées, ou plus simples, qu'on ne le croit. Cela dépend de la manière dont on les considère. Parfois on résout un problème par un paradoxe, il faut souvent s'éloigner pour s'approcher. Voulez-vous que je vous conte une fable ? interrogea le Ver à Soie en voyant l'air dépité d'Alice.

– Pourquoi pas ? répondit celle-ci, dubitative mais curieuse. Allez-y. Je vous écoute.

– Je vais vous raconter, commença-t-il d'une voix basse pour éveiller son attention, l'histoire de trois sœurs qui avaient reçu en héritage de leur père onze chevaux. La moitié du troupeau devait revenir à l'aînée, le quart à la deuxième et le sixième à la cadette. Les trois filles étaient très embarrassées, car comment diviser onze bêtes par deux, quatre et six, sans devoir les couper en morceaux, ce qui les tuerait assurément ? Sur le point de régler leur différend en s'empoignant violemment, elles confièrent l'énigme de leur héritage à une vieille magicienne qui connaissait l'usage des herbes, des simples, mais aussi des chiffres.

« Après un temps de réflexion, celle-ci reconnut ne rien pouvoir faire pour elles. Onze divisé par deux ferait toujours cinq et demi, mais peut-être, ajouta-t-elle, pourrais-je vous prêter ma vieille jument. Avec douze animaux, vos comptes deviendront plus faciles. Les trois sœurs divisèrent alors la douzaine en deux, en quatre et en six. Ainsi donc, la plus âgée reçut-elle six chevaux, la suivante en obtint trois et la dernière deux. Le compte était parfaitement rond à présent : 6 + 3 + 2 faisaient 11, ce qui constituait tout l'héritage de leur père. Il n'y avait qu'un reste : l'unique jument qu'il suffisait de rendre à sa très sage propriétaire.

« Voyez-vous, chère Alice, si vous me permettez de vous appeler chère Alice alors que nous venons à peine de faire connaissance, il est très souvent profitable de déranger pour ranger ou de ranger pour déranger. Sans compter, poursuivit le Ver à Soie le regard espiègle, qu'il est toujours nécessaire d'avoir un tiroir pour ce qu'on n'arrive pas à classer, un fourre-tout qui serait comme un peut-être, pour tout ce qui n'appartient ni à la catégorie du oui ni à la catégorie du non…

– Vos paroles m'enivrent, c'est vous qui m'entêtez à présent comme un parfum trop puissant. Oh, je suis perdue, soupira Alice, complètement égarée. C'est ce que vous souhaitiez, n'est-ce pas ? Vous êtes content, j'en suis sûre, de me trouver aussi défaite que mes turbans. C'est ce que vous m'avez proposé dès notre première rencontre, que je me défasse. Oublions cela, je porterai une perruque, répliqua-t-elle, mi-sérieuse, mi-taquine.

– Où avez-vous vu votre résille pour la dernière fois ? risqua le visiteur, faisant marche arrière.

– Ah, mais je me souviens maintenant, c'était une chenille… non pas un ver à soie comme vous, ni un mille-pattes, pardonnez-moi, monsieur, je ne voulais pas vous blesser… c'était une résille crochetée en chenille de velours… Elle pourrait se nicher dans le tiroir de ce bonheur-du-jour, se réjouit soudain Alice se dirigeant vers un petit meuble qui lui servait d'écritoire et de boîte à bijoux.

Elle passa la main derrière un volet à lames coulissantes et en sortit, triomphante, l'objet de ses soucis. S'approchant du miroir, elle vérifia qu'elle emboîtait avec justesse la résille sur sa tête, puis d'un geste agile et gracieux enroula plusieurs fois l'écharpe autour de son visage et la noua délicatement dans la nuque, dissimulant, pour parfaire l'ouvrage, le nœud sous la résille providentielle.

– Voilà, dit-elle, le tour est joué ! Et bien joué !

– Et bien tourné, approuva le Ver à Soie.

– À bientôt, sans doute, fit Alice, réprimant un bâillement.

– À bientôt, la dame aux turbans, et tenez tête sans vous entêtez, ajouta-t-il malicieusement.

VII

Sans force, les jambes posées sur l'accoudoir du fauteuil, Alice gisait au milieu des écharpes déployées. Elle désirait les replier pour les ordonner ou les torsader encore, et n'aspirait cependant qu'à une seule chose : dormir.

Elle ne pouvait se résoudre à aucune de ces actions. L'exaltation le disputait à une immense fatigue. L'une renchérissait sur l'autre. Prise entre les deux, elle n'arrivait ni à se reposer ni à s'apaiser, ni à se lever ni à s'endormir. Elle n'aurait jamais cru possible que l'on puisse, en une si douloureuse simultanéité, se sentir tout à la fois *épuisée* et *excitée*.

Dinah, te voilà, ma minette, ma sœurette, mon chat chéri. Je me demandais où tu avais disparu. Tu as un fil à la patte, ma douce. Viens, que je te l'ôte. Oh, vilaine, cesse de bouger, c'est une pelote que tu traînes derrière toi, non, plusieurs, emmêlées. Laisse-toi faire ! Où as-tu été te fourrer ? Dans ma boîte à couture, je parie… Non, décidément, rien ne va comme il faut aujourd'hui. Je vais devoir ranger non seulement les foulards, mais aussi rembobiner les canettes de fil à coudre. Si tu savais… je n'ai plus la moindre parcelle d'énergie et toi, tu te débats comme une diablesse. Aide-moi, s'il te plaît… Dinah, t'ai-je raconté qu'une licorne m'avait offert un Attrape-Lumière ?… Suis-je distraite ? s'écria la rêveuse.

VIII

Elle bondit comme si toute la fatigue s'était évaporée, s'élança vers le jardin. Elle se rappelait soudain qu'elle y avait oublié le présent de la Licorne. Parcourant en tous sens la pelouse, elle finit par retrouver l'endroit où elle s'était assoupie, l'herbe avait gardé la trace de sa silhouette et la minuscule boîte l'attendait. Alice la tourna et la retourna, poussant au hasard sur les boutons, ne sachant ce qui allait surgir.

Quel ne fut pas son étonnement de s'y voir soudain apparaître : ses yeux pétillaient, son turban tenait en place, son rouge à lèvres un peu trop rouge lui donnait un air de clown coquin.

À présent, l'enthousiasme dépassait l'épuisement. Si elle avait osé, elle aurait, comme un enfant, battu des mains. L'écho des paroles de la bête fabuleuse lui revint à la mémoire : « À votre seul désir ! »

Il n'y avait aucun doute : elle désirait capturer des images, voler une parcelle d'éternité à la course des nuages, au ruissellement de l'eau des fontaines, au balancement d'une toile d'araignée dans le vent. Tout l'émerveillait comme si elle n'avait jamais rien vu, rien regardé auparavant.

Elle venait de découvrir la magie troublante qui permet de s'emparer par petits rectangles du décalque du monde.

Elle s'agita beaucoup, fit trente-six expériences, chercha de nouveaux angles, tantôt sur la pointe des pieds, tantôt ramassée sur elle-même, comme un animal à l'affût, prêt à bondir au juste moment pour ne pas rater sa proie.

Puis elle s'écroula, terrassée par une lassitude qu'elle avait voulu ignorer, s'allongea sur le premier banc qu'elle put atteindre, ferma les yeux et s'efforça d'éteindre son agitation.

Un peu plus tard, comme elle observait à nouveau ce qui l'entourait, elle remarqua sous l'ombre d'un chêne un jeu de cartes éparpillées dans l'herbe. Au Pays des Merveilles, elles l'avaient tournée en bourrique, c'était à son tour de se jouer d'elles. Elle les ramassa une à une. « À mon bon plaisir », marmonnait-elle, pas mécontente de préparer une vengeance de son cru.

Les cartes dans la poche, elle arpentait le gazon, ne sachant pas encore comment régler leur sort, lorsqu'elle se rappela la vitrine qui lui avait offert un moment de joie alors que tout était devenu sombre dans son existence.

Elle rejoignit la Maison du Miroir, passa d'une pièce à l'autre, ne tarda pas à découvrir les gobelets multicolores. Elle les empila en une fragile tour de Babel, y emprisonna les cartes : Carreau, Pique et Trèfle à la renverse, le Roi de Cœur auprès d'une dame fort songeuse et de biais un joker en habit d'Arlequin. Avec la complicité de son nouvel ami, l'Attrape-Lumière, elle prit rapidement des clichés de cette curieuse assemblée avant que le tout s'écroule. Se trouvaient ainsi brièvement unis les bons et les mauvais souvenirs, les cartes funestes et les joyeux gobelets.

Il appartient à chacun, songeait la dame enturbannée, d'apprivoiser la malchance, d'y ajouter une part, ne fût-ce qu'une toute petite part, de chance.

De retour dans sa chambre, elle s'amusa à faire défiler les images encloses dans la mémoire de la *camera obscura*. Alors Alice découvrit la toute première, celle qu'elle avait prise sans le savoir : entre deux petits bonshommes de bois articulés, au milieu de l'éphémère couronne de lierre, posé sur ses mains croisées, son propre visage endormi.

Chimio 2

I

Dinah, Dinah ! Où es-tu cachée, coquine ? Tu n'as pas pu aller très loin avec ces fils en travers de tes pattes…

La chatte ronronnait sans vergogne dans un couffin improvisé au milieu des tissus abandonnés par sa maîtresse.

Oh, non, mes beaux foulards, ils sont tout froissés, la gourmanda Alice, découragée. Sais-tu, dit-elle, s'adressant à la minette qui continuait imperturbablement à dormir, sais-tu que demain matin j'ai rendez-vous avec le Grand Chimiste pour la deuxième fois ? Je suis toujours un peu inquiète la veille, tu comprends cela, n'est-ce pas ? Je ne suis pas sûre d'ailleurs que ce soit de l'inquiétude, ce serait plutôt de la fébrilité.

Il est compliqué de savoir si un chat approuve ou désapprouve ce que vous lui racontez, aussi lorsque Dinah émit un petit sifflement, Alice poursuivit ses confidences avec le sentiment d'être entendue :

La première fois, tout s'est bien passé, vois-tu… Mais, comment t'expliquer ?… J'ai beau me raisonner, je reste émue… Il joue avec ses éprouvettes, prépare les philtres que je dois absorber… Ce n'est pas très effrayant ; mais deux ou trois jours plus tard, on devient infiniment lasse, comme si on portait dans le corps la trace de plusieurs siècles d'âge…

Dis-moi, Dinah, connais-tu *Le Livre de l'intranquillité* ? C'est le mot que je cherchais. Ce n'est pas que je sois inquiète, c'est intranquille que je me sens. Tout à l'heure, j'ai rêvé de lui, tu te rappelles… Il n'émettait aucune opinion pour ne froisser personne. En vérité, ce n'est pas tant le caractère du Chimiste que celui du docteur Farfadet… Quoique… T'ai-je raconté qu'il m'avait endormie sur des airs d'opéra italiens et réveillée aux sons d'une musique de jazz ? Les chirurgiens sont-ils des musiciens ou les musiciens sont-ils des chirurgiens ?

Aïe, j'ai affreusement mal au bras. Il faut que je m'allonge. Pousse-toi, fais-moi une petite place, Dinah, je dois dormir à présent.

II

Au creux de la nuit, Alice se réveilla éblouie par une violente clarté. Par la porte entrouverte de sa chambre, elle distingua une grande ombre sur le mur du couloir. Pieds nus, sans peur, elle se dirigea vers la source de la lumière. Dans un cabinet de travail se tenait derrière son pupitre un savant, la plume à la main, traçant rageusement toutes les lettres de l'alphabet en plusieurs langues.

– Qui êtes-vous pour venir m'importuner nuitamment ? déclara l'érudit avec brusquerie.

– Je vous demande pardon, répliqua Alice, mais c'est vous qui m'avez réveillée ! On ne devrait pas être autorisé à allumer tant de lampes quand les voisins dorment !

– Vous êtes fort impertinente, voisine. Elles me sont indispensables. J'écris, voyez-vous, et pour cette activité les lumières sont aussi nécessaires que l'encre ou le parchemin.

– Il se peut, concéda Alice, mais vous n'êtes guère

aimable. Vous pourriez me dire la même chose sur un autre ton.

– Comme vous y allez ! Vous êtes très offensive pour une endormie…

– Mais je ne vous permets pas, monsieur l'érudit, de me parler de la sorte. Chacun a droit à son sommeil et le mien est tellement précaire ces dernières semaines… Comment osez-vous le mettre en péril ? D'ailleurs, pourquoi n'écrivez-vous pas durant le jour ?

– Je ne vous pose pas des questions indiscrètes, moi. Chacun est libre de ses jours et de ses nuits, rétorqua le voisin furibond.

– Certes, je vous l'accorde, admit Alice, mais la liberté comprend le respect d'autrui. Pourquoi y aurait-il deux poids, deux mesures ? Votre veille doit s'arrêter là où commence mon repos.

– Mais, inversement, votre sommeil ne doit pas perturber mon écriture, s'emporta-t-il, agitant les bras en tous sens.

– Oh, c'est trop fort ! s'écria Alice, qui n'avait jamais entendu un raisonnement d'une telle absurdité. Comment une chose aussi insensée pourrait-elle arriver ? Ce n'est pas parce que je dormais, terrassée par trop de douleurs et d'intranquillité que…

– Connaissez-vous donc le livre de Pessoa, chère voisine ?

– Mes goûts littéraires vous radouciraient-ils soudain ?

– Si vous êtes une amie de la littérature, je vous pardonne tout, votre arrivée intempestive, votre impertinence, votre maladresse…

– Arrêtez, arrêtez, vous commenciez à devenir aimable, et voici que vous vous emportez à nouveau. Quel homme excessif vous faites ! C'en est trop, je m'en vais, fit Alice tournant les talons.

– Vous ne m'avez même pas demandé ce que j'étais en train de rédiger, se lamenta le savant d'une voix suave.

– Vous n'avez pas manifesté le moindre intérêt pour mes propres aventures ou mésaventures ! répliqua sa voisine courroucée.

– J'aurais volontiers partagé un peu de ma nuit à vous entretenir de mes travaux…

– Vous voyez, vous n'êtes qu'un insupportable égoïste. Vous avez entendu ce que vous venez de dire ? Vous, vous, il n'y a que vous au centre du monde ; nuit et jour, vous ne vous préoccupez que de vous-même. Adieu, monsieur l'érudit, vous ne m'obligerez pas à lire vos livres !

III

Sur ces mots dont la violence l'étonna elle-même, Alice claqua la porte du cabinet de travail, et s'enferma chez elle, excédée.

Que faire à présent pour m'apaiser, se demandait-elle, regagnant le lit que Dinah avait déserté. Il est deux heures du matin. Il faut que je dorme, il faut que je dorme, se répétait-elle vainement. Quel insupportable personnage, ce Grincheux ! Que dirait le Ver à Soie : tenir tête sans s'entêter, s'éloigner pour s'approcher ? Comment m'y prendre ?

Sans trouver ni le sommeil ni le repos, mille idées tourbillonnant dans son esprit, elle finit par glisser les petits coussinets de mousse de son attrape-sons dans ses oreilles, et se laissa bercer longtemps, très longtemps par la musique avant de tomber dans l'oubli profond du jour à venir.

CHIMIO 2

Don't explain
You're the cause of all my
Trouble and pain
Don't explain

IV

Au pied de son lit, un troll souriant, une tasse de thé à la main, annonça :

– Il est sept heures. Bon matin !

Alice, fort surprise, se frotta les yeux pour revenir à la réalité – ou à la fiction –, ne sachant plus de quel côté du monde elle se tenait. C'est étrange, pensa-t-elle, je croyais m'être déjà éveillée ce matin.

– Je me souviens parfaitement d'avoir lu quelques pages de Sénèque avant le rendez-vous chez le Chimiste. C'est d'ailleurs vous, dit-elle, regardant le Troll, qui m'y avez accompagnée.

– Cela se peut, reconnut le Troll, conciliant. Dans ce pays, il arrive que l'on soit ici et ailleurs au même instant ; maintenant et plus tard. Cela n'a rien de surprenant.

– Ma mémoire fonctionnerait-elle à l'envers ? demanda Alice. Non pas en arrière, mais en avant ? Puis-je me souvenir de ce que je n'ai pas encore vécu ?

– Vous vous y ferez, comme à tout le reste. C'est seulement une question d'habitude, commenta le Troll.

– Comme c'est curieux, comme c'est bizarre, poursuivit Alice, fronçant les sourcils. Ce livre, je l'avais gagné jadis lors d'un concours à l'école, il se trouvait placé dans ma bibliothèque entre Pascal et Spinoza. Ce n'est pas demain que je vais le recevoir, n'est-ce pas ? J'avais souligné une phrase ou deux. Oh, mais cela me revient à présent, dit-elle. Cette nuit, j'ai été réveillée une première fois par le voisin grincheux, puis, après quelques heures, je me suis à nouveau relevée… Ma chambre était jonchée de toutes les écharpes chiffonnées par Dinah, et des bobines de fil de ma boîte à couture renversée par ses soins. J'ai voulu ranger lorsque l'idée m'est venue d'en saisir d'abord une image avec l'Attrape-Lumière. Voyez, le petit coussin toscan gît toujours là où je l'avais posé. Le dessin de ce Cupidon est adorable, ne trouvez-vous pas ? Un petit amour ou un ange gardien… C'est exactement ce dont j'aurais besoin en ce moment. Je devrais en parler à la Licorne ou au Ver à Soie. Ce dernier ne portait-il pas des ailes translucides quand j'ai fait sa connaissance ? Il me semble même qu'il s'était adressé à moi par ces mots surprenants : « Que puis-je pour vous ? » Suis-je en train de tout mélanger, de tout confondre ? Ces souvenirs appartiennent-ils au passé ou au futur ? Voyons voir. Je ne rêve pas. La phrase de Sénèque que j'avais soulignée… si je l'ai déjà barbouillée, le livre doit en porter la trace… Où est-il ? Mais oui, voici la phrase, soulignée. Je vous la lis, c'est à propos du rôle de l'imagination dans la souffrance.

– Volontiers, dit le Troll, toujours souriant.

– « Ou nous exagérons la souffrance, ou nous l'anticipons, ou même nous l'inventons. »

Et un peu plus bas, Alice cita cet autre passage :

– « N'est-ce point un tourment sans motif, une tristesse injustifiée, n'est-ce point qu'en l'absence du mal, je le fabrique ? »

– Les philosophes aiment à discerner la chimère de la réalité, commenta le Troll, sans s'émouvoir.

– Comme si c'était si simple de démêler l'imaginaire du réel ! s'emporta Alice. Regardez dans quel état je suis ce matin, je ne sais même plus si ce que j'ai vécu, je l'ai déjà vécu ou pas. Il se peut que les philosophes se trompent, ou… qu'ils s'y prennent mal, avança-t-elle avec colère. Leurs pensées sont, certes, fort bien pensées, mais il ne suffit pas de les lire ni même de les relire. Il faut vivre par soi-même, expérimenter la souffrance, et en trouver l'issue, ajouta Alice en massant son bras gauche. Attendez, le déroulement des heures me revient très clairement… Après avoir lu Sénèque, j'ai eu l'envie d'ouvrir l'attrape-tout pour y poster l'image et la phrase sur mon blog. Savez-vous ce que c'est, un blog ?

– Absolument, répondit le Troll tout sourire, j'en tiens un moi aussi. J'y passe beaucoup de temps, surtout la nuit, comme vous.

– Or donc, poursuivit Alice, je n'avais pas envoyé mon billet depuis une minute que tout aussi rapidement apparut un commentaire, signé « monsieur le nuage ». C'était une citation de Sénèque : « Cessons de désirer ce que nous avons désiré autrefois. » Je lui répondis par un passage qui convenait à la veille de mon rendez-vous avec le Chimiste : « Je tâche de faire en sorte qu'un jour me tienne lieu de toute ma vie. Je ne veux certes pas dire que je me saisis de lui comme s'il était le dernier, mais je le considère comme s'il pouvait l'être. » Après cet échange, l'intranquillité n'avait pas disparu, mais elle s'était allégée. Je me rendis au Laboratoire de Chimie, en votre compagnie donc, mon cher Troll, et... en attendant que les éprouvettes soient parfaitement mélangées et absorbées, je *continuerai* à lire le philosophe stoïcien... Qu'est-ce que je raconte ? Je parle au futur ! M'avez-vous annoncé deux fois qu'il était sept heures du matin ? demanda-t-elle au Troll.

– Je vais finir par en perdre mon latin que je n'étudierai jamais, s'embrouilla-t-il à son tour dans les temps de la conjugaison.

– Il me faut du silence, je suis trop épuisée, fit Alice, vérifiant que son turban indigo tenait sur sa tête. J'avais noté ou je noterai ou je note – choisissez le temps qui convient à cet étrange pays – une autre phrase latine qui semblait, semblera ou semble encore taillée à ma taille : « Prends garde de ne jamais rien faire contre ton gré :

ce qui arrivera avec nécessité pour celui qui rechigne à l'événement ne sera pas tel pour celui qui y consent. »

Alice but un peu de thé et consentit finalement à dormir tout son saoul. Des paroles d'une chanson flottaient près de son oreille :

Qu'importe l'endroit, j'suis toujours à l'envers
Qu'importent mes choix, j'fais toujours le contraire

V

– Comment allez-vous aujourd'hui ? s'inquiéta le Ver à Soie surgissant de nulle part comme à l'accoutumée, le dos couvert de rayures orange et mandarine.

– La fatigue est plus grande que moi, répondit Alice.

– Ne vous inquiétez pas, je m'occupe de tout. Je vais vous présenter mon double, Cherubino Balbozar, il veillera sur vous comme un ange gardien. Quoiqu'il ne soit pas un insecte, c'est une crème d'être vivant, affirma le Ver à Soie.

– Que pourra-t-il pour moi ? demanda Alice avec curiosité.

– Vous verrez !

– Si vous le dites, je vous crois, fit Alice, confiante mais curieuse. Pourrait-il, par exemple, réparer un stylo ? Je viens de retrouver celui de mon enfance, mais il refuse d'écrire. Sans doute faut-il le démonter, mais je ne sais pas comment m'y prendre. Ce serait chic si votre double était un réparateur de stylographe.

– Il l'est, assurément. C'est un grand réparateur en tout genre, renchérit le Ver à Soie.

– Et mon bras ? Peut-il réparer mon bras ? insista-t-elle.

– Oui, cela va de soi, il démontera votre bras et massera votre stylo, soyez sans crainte ! fit-il avec conviction, soutenant son regard interrogateur.

Ne sachant que répondre, Alice préféra garder le silence. Elle attendit prudemment que son interlocuteur en dise davantage.

– Ceci ou l'inverse, c'est du pareil au même, n'est-il pas vrai ? se reprit le visiteur imprévisible.

– Si vous le dites, concéda Alice, dubitative.

Puis, se souvenant qu'elle n'avait pas rempli ses devoirs de maîtresse de maison, elle proposa d'une voix plus assurée :

– Puis-je vous offrir une tasse de thé ou de café, monsieur le Ver à Soie multicolore ?

– Non, je n'ai besoin de rien, merci, mais mon double acceptera sûrement un verre d'eau, répondit-il, faisant mine de vouloir prendre congé.

– J'ai de jolis gobelets de toutes les couleurs, certains pourraient même s'assortir à vos rayures, plaida la dame au turban rose, espérant le retenir encore un instant.

– Je n'en doute pas, dit-il courtoisement. On m'attend ailleurs, je vous prie de m'excuser, fit le Ver à Soie, esquissant un baisemain avant de s'enfuir à la manière du Chat du Cheshire qui disparaissait presque entièrement mais laissait toujours flotter derrière lui un sourire énigmatique.

VI

La dame aux turbans ne savait pas comment son histoire allait se poursuivre, ni ce qui l'attendait encore au Pays du Miroir.

Les aubes succédaient aux crépuscules sans qu'elle parvienne à prendre un peu de repos, faire une halte. À peine éveillée, elle se retrouvait plus sombrement fatiguée que la veille. Le plus court déplacement sur les cases de l'échiquier la laissait vacillante, désemparée, anéantie.

Elle ne maîtrisait plus rien, ni n'arrivait à lâcher prise. Aucune carte, aucune boussole n'étaient en sa possession pour la guider au milieu de cette errance. Si seulement quelqu'un avait pu lui donner un mode d'emploi, un viatique, mais au sein de la tempête, chacun demeurait seul, enfermé dans l'étroite prison de son corps.

– Bonjour, Alice, salua le Blanc Lapin. Voilà longtemps que je ne vous avais croisée. Comment vous portez-vous ?

– Je ne me porte justement plus, répondit-elle,

essayant d'esquisser un sourire qui ressemblait à une grimace.

– Ma pauvre amie, vous êtes mal en point. La dernière fois que je vous ai vue, c'était lors de votre procès au pied du grand chêne, à la Cour du Roi et de la Reine de Cœur.

– Oh, ne m'en parlez pas ! C'est à cause d'eux que tout ce qui m'arrive est arrivé. Je suis passée de l'autre côté du miroir, là où tout est à l'envers, le temps comme l'espace. Depuis lors je me suis littéralement *dé-chênée*, je crois même que je vais tomber…

– Comme vous êtes pâle, Alice ! Vous respirez à peine. Donnez-moi votre poignet, je vais prendre votre pouls…

– Non, ne me prenez rien, je vous en prie, je suis au bord du néant. Bientôt il ne restera de moi qu'un pauvre sourire au-dessus de rien…

– Je crains que vous ne fassiez un malaise, dit le Blanc Lapin, regardant la trotteuse de la montre qu'il venait de sortir de son gousset. Venez, je vous emmène dans le terrier des urgences, laissez-vous faire, je vous porterai sur mon dos. N'ayez crainte, vous êtes aussi légère qu'une brindille…

– Mais… voyez en quel équipage je suis… je ne peux décemment…, protesta Alice, embarrassée, vêtue de la sorte… on va croire que je suis sortie d'un tableau de la Renaissance italienne… que je me suis trompée de siècle…

– Ne vous souciez de rien, Alice.

– Vous allez être en retard, Blanc Lapin, regardez l'heure… Je ne voudrais pas vous mettre en retard… Je…

– Ne parlez plus, gardez votre souffle… nous sommes presque arrivés… je vais vous confier au docteur H., il prendra soin de vous… Donnez-moi de vos nouvelles… plus tard… je cours, je suis en retard, je suis très en retard, très très en retard…

– À bientôt, monsieur le Blanc Lapin, murmura Alice dont le turban s'était défait, merci d'être là quand vous êtes là, merci…

Elle n'eut pas le temps d'achever sa phrase que le Blanc Lapin était déjà loin.

VII

Le docteur H., ayant ordonné à sa patiente de ne plus se *dé-chêner* mais seulement de se *dé-brancher*, lui prescrivit une page de Proust à lire tous les soirs avant de se coucher.

– Je vous recommande particulièrement celle-ci, ajouta-t-il en lui indiquant la page 4325, ainsi vous deviendrez, je l'espère, cette « inconnue prédestinée » qu'un sommeil enchanteur visite pour de longues heures. Voilà, dit-il, arrachant la page. Prenez-la !

– « Non loin de là, lut Alice, est le jardin réservé où croissent comme des fleurs inconnues les sommeils si différents les uns des autres, sommeil du datura, du chanvre indien, des multiples extraits de l'éther, sommeil de la belladone, de l'opium, de la valériane… »

Plus tard, se dit-elle, je lirai la suite. Plus tard, il faut que je retrouve ma chambre au plus vite, mes jambes ne me portent plus, je tremble, mon bras pince, mon estomac brûle, ma tête est prise dans un étau.

VIII

Elle se jeta sur le lit, sanglota comme si le barrage de ses larmes s'était rompu. Elle pleurait sans limites. Elle ne savait si ses pleurs naissaient de la souffrance, de la faiblesse, de la recherche d'une détente impossible à atteindre, ou du mélange violent de tout ce qui l'agitait.

Ce n'était pas du chagrin, mais un fracas de tout son être.

Si je pouvais cesser d'être un corps, songeait-elle, si je pouvais devenir un nuage…

Elle pleura, pleura, sans pouvoir ni vouloir s'arrêter. Longtemps, très longtemps. Puis, comme à la fin d'un orage, ses sanglots s'espacèrent, l'accalmie vint, une impression ténue, précaire, proche de la quiétude. Non pas encore l'antidote aux bouleversements, mais une échappée involontaire et douce.

Je dois peindre sur mon front le mot « relâche », s'ordonna-t-elle, sans la moindre idée de la marche à suivre. Ses yeux gonflés l'empêchaient de lire, de suivre des images fixes ou en mouvement ; elle les garda clos. Aussitôt son cerveau l'entraîna à toute allure d'une pensée à l'autre, faisant défiler devant ses yeux intérieurs des idées de plus en plus épuisantes.

Comment arrêter la machine à penser ?

Je suis la personne la plus insupportable que je connaisse ! Et, se souvenant du personnage de Mouche dans *Peter Pan*, elle s'écria, avec une pitié ironique :

– Pauvre d'Alice ! Mais Alice, c'est moi ! Pauvre de moi !

Alors qu'elle avait renoncé à l'idée même de repos, un engourdissement bienheureux la surprit. Elle glissa dans la torpeur d'une sieste inespérée.

Accrochée au dos d'une tortue de mer, Alice voguait parmi les récifs de corail, les perles baroques, les poissons aux tons irréels, les dauphins rieurs. Une musique insolite accompagnait leur voyage, comme une bulle autour de la rêveuse et de sa monture. Elles traversaient l'espace marin avec la grâce que l'on prête aux anges, en harmonie l'une avec l'autre comme si elles ne formaient plus qu'un seul être d'une espèce nouvelle, indéfinie, incroyablement paisible.

Un second songe emmena Alice en terre sauvage, au cœur des forêts et des glaces. Elle marchait au bord d'une rivière, mettant ses pas dans les pas d'un ami ; il lui racontait l'histoire d'un garçon qui avait tout quitté pour entreprendre un voyage au bout de la nature sauvage, au bout de la solitude. Alors qu'il était sur le point de revenir vers la société des hommes, ayant vécu ce qu'il avait à vivre, il s'empoisonna par accident, pris au piège de sa quête. Avec ses dernières forces, il traçait entre les lignes d'un exemplaire de *Guerre et Paix* la phrase qu'il souhaitait offrir en héritage à ceux qui lui survivraient, ce qu'il avait compris, mais trop tard : « Le seul vrai bonheur est celui que l'on partage. »

Au réveil, Alice sentit à nouveau les larmes rouler sur ses joues, mais c'étaient de bonnes larmes, des larmes de tristesse et de joie.

IX

La fatigue et l'exaltation la submergeaient, Alice garda la chambre.

La Licorne envoya un bouquet de renoncules dans un vase au long col, le Blanc Lapin lui déposa des chansons tout en courant derrière le Temps – qui, comme on le sait depuis le Pays des Merveilles, n'est pas une chose mais une personne. Le docteur H. choisit de la distraire avant l'heure de son ordonnance proustienne avec des images en mouvement à regarder tout spécialement quand on se trouve clouée au lit, la série du docteur Home.

Quatre petits coussins parfumés à la lavande arrivèrent du val des Nymphes, des pastilles à l'anis du lac de Garde. La Fée Praline lui offrit le *Dictionnaire des fils et des mailles*, dont Dinah aurait pu faire bon usage.

Cadeau des cadeaux, elle reçut une anthologie des portraits de Raphaël, Ingres, Titien, de La Tour, Vermeer et Matisse, qu'elle feuilleta rêveusement. Dans la compagnie de ces femmes enturbannées aux regards fiers, tendres et puissants, Alice prit conscience que l'épuisement n'avait pas eu raison du désir de se battre ; pas seulement pour sauver sa peau, mais aussi pour rendre hommage à l'éphémère puissance du quotidien, à l'étrange alchimie qui, parfois, se noue entre les êtres alors même qu'on n'attend plus rien.

Dans la fébrilité, elle quitta son lit pour assembler les cadeaux en une composition rapide, irrégulière, colorée. Elle prit son Attrape-Lumière, d'une pression du doigt captura l'image des objets avec la sensation d'y enfermer, pour s'en délivrer, le tournoiement de ses émotions.

Ce fut un entracte, bref, dense, ramassé, une impression d'accomplissement.

X

Alors qu'elle se trouvait encore plongée dans quelque rêverie, Alice sentit un vif courant d'air. C'était Cherubino Balbozar qui venait d'atterrir dans le Jardin du Miroir. Il replia ses ailes, s'approcha d'elle, dissimulant quelque chose dans sa main.

– Bonsoir, je suis le double du Ver à Soie, êtes-vous la dame à qui appartient ce stylographe ?

– Bonsoir, monsieur. En effet, il m'appartient, à moins que ce ne soit l'inverse, que ce soit moi qui lui appartienne… Comment savoir ? fit Alice qui se demandait à tout moment ce qui allait encore lui arriver dans cette Maison du Miroir dont elle avait beaucoup de peine à anticiper les règles et les lois.

– Le voici, réparé ; trop facilement, je dois vous le dire, une bricole, trois fois rien, c'était à peine amusant, il est bon que les choses se révoltent contre ceux qui souhaitent les *dé-choser* ; là où il n'y a pas de difficulté, il n'y a pas de plaisir. J'espère que votre bras est plus compliqué à remettre en état que votre stylo ! Souhaitez-vous écrire ?

– Avec mon stylo ?

– Non, avec votre bras.

– … Je n'y avais pas songé ; à vrai dire, pour l'instant je m'amuse à attraper des images…

– Souffrez-vous de la crampe des écrivains ?

– Non, monsieur, pas du tout, ou du moins pas que je sache. Le Ver à Soie ne vous l'a-t-il pas expliqué ? Je souffre de tout, de tout et de partout.

– Le mieux, dans ces cas-là, c'est de tout soigner en même temps : la personne et la maison qu'elle habite. Au fait, dites-moi, avez-vous de l'encre de massage et de la crème pour écrire ?

– … Euh… De l'encre de massage de Chine… cela vous convient-il ?

– Tout est bon, choisissez !

– Mon stylo préfère la crème au chocolat, mais moi, j'aime assez les chocolats sans crème, risqua Alice, ne sachant comment répondre.

– Nous dégusterons les friandises plus tard, répliqua Balbozar, sortant de sa poche une fiole d'huile. Montrez-moi votre bras, le gauche, oui, levez-le, je vois que vous avez presque récupéré votre mobilité…

– Il se peut, mais il me fait affreusement mal, ce bras, de l'épaule à l'extrémité des doigts, même sans bouger. Je ne crois franchement pas que je lui fasse autant de mal qu'il m'en fait, se plaignit Alice qui n'avait soudain plus aucun humour. Je n'aurais jamais cru qu'on puisse sentir autant de douleurs différentes dans un seul membre : ça pince, ça serre, ça brûle, ça tire, ça… Je suis sûre que la langue, dans sa méchanceté, n'a pas assez de mots pour le dire.

– Occupons-nous des choses maintenant, nous verrons les mots un autre jour, proposa Cherubino Balbozar.

– Mais à propos de vocabulaire justement, un médecin m'a dit il n'y a pas très longtemps que j'avais fait un malaise vagal. Cela n'a pourtant rien à voir avec la mer et la plage, n'est-ce pas ? poursuivit Alice, qui ne voulait pas renoncer aux mots aussi rapidement.

– Connaissez-vous le nerf vague ? s'enquit poliment l'alter ego du Ver à Soie.

– Non, ou vaguement, hésita-t-elle à répondre.

– Ce n'est pas très important, conclut-il un peu vite, ne sachant pas que lorsque la dame aux turbans avait une idée en tête, elle ne la lâchait pas de sitôt.

– Dites-moi quand même ! insista cette dernière.

– C'est le nerf pneumogastrique, la dixième paire des nerfs crâniens. C'est une voie très importante de la régulation végétative : cardiaque, digestive…, commença-t-il.

– J'essaye de retenir ce que vous m'expliquez, mais ce n'est pas facile, l'interrompit Alice.

– Si vous me posez une question, vous devez accepter d'entendre la réponse !

– Euh… C'est que…

Alice se tint coite, un peu blessée par la remarque.

– Regardez, votre cicatrice vient de s'ouvrir, constata-t-il soudain, lorgnant autour de lui à la recherche de quelque chose. Avez-vous des pansements, des mouchoirs ?

– Oh, je suis vraiment désolée, dit-elle, très embarrassée, en lui désignant du menton quelques mouchoirs de coton blanc posés sur son chevet.

Alice était devenue toute pâle en voyant ce qui s'écoulait de la plaie.

– Ne vous inquiétez pas, j'ai l'habitude de faire le ménage ! Voilà, c'est épongé. Tout est en ordre maintenant, ajouta-t-il pour la rassurer. Vous allez pouvoir dormir comme un bébé.

– Je le voudrais tellement, mais je n'y arrive pas, bien au contraire. Dès que je veux me reposer, je deviens très agitée.

– Il ne faut pas le vouloir. La volonté est le contraire du sommeil.

– C'est ce que m'a dit le docteur H., mais je n'y peux rien, c'est plus fort que moi, reconnut Alice d'un air désolé. Aussitôt ma joue posée sur la joue de l'oreiller, me voilà plus excitée qu'un millier de puces !

– Bigre !

– Vous ne pourriez pas m'apprendre à me relaxer ?

– Demain, peut-être.

– C'est long d'attendre vingt-quatre heures ! avoua-t-elle avec un gros soupir tout en essayant de garder le sourire.

– Vingt-quatre heures pour toute une vie ! s'exclama Cherubino Balbozar en lui rendant son sourire.

Il déploya ses ailes, se retourna pour la saluer, puis, au moment de s'envoler, fit demi-tour pour venir lui déposer dans les mains un paquet de petits-beurre.

XI

Dinah, Dinah, mon chaton, où es-tu, ma jolie, ma confidente, mon cœur ? Tu me manques, viens là ronronner près de moi. Si j'étais un chat comme toi, je dormirais toute la journée, et peut-être même la nuit. Ou je dormirais quand bon me semble, puis, de temps en temps, j'irais courir derrière les souris. Pas pour les manger, juste pour garder la forme. Je n'ai pas faim, tu sais... C'est dommage que tu n'aimes pas les petits-beurre, je viens d'en recevoir, dorés et joliment rainurés. Je n'ai pas eu le temps d'en offrir à mon visiteur du soir.

Que penses-tu de son idée ? Maintenant que j'ai retrouvé le stylo de mon enfance, je pourrais peut-être m'en servir... inventer une histoire fantastique... l'histoire du portrait d'une dame de la Renaissance qui sortirait de son tableau pour se faire soigner cinq siècles plus tard... Oserais-je, Dinah ? Que penserait Lewis Carroll ? Nous ne sommes que ses créatures... avons-nous le droit de lui échapper, d'en faire à notre guise ?... « À votre seul désir ! » m'a confié la Licorne... Chiche, Dinah ! Je vais essayer de touiller dans la marmite des mots pour voir ce qui en sort... Ne bouge pas, viens sur mes genoux, voilà, je commence à écrire...

Était-ce à l'éclat de son regard où la fièvre le disputait à l'espièglerie, au contraste entre son teint si pâle et l'excessive roseur de ses pommettes, à son air de gaieté légère et enjouée sur lequel passait comme un voile de tristesse, une pointe d'interrogation inquiète ? Le spectateur n'aurait pu le dire, mais s'imposa la conviction que cette dame du temps jadis sous la lumière de sa beauté cachait un secret.

Je continue...

L'homme se tint d'abord en retrait, presque de biais, pour capter ce qui à la superficie de la toile pouvait s'y lire, évitant de chercher à en deviner, ou à en forcer le sens, les intentions, l'histoire. La tête légèrement penchée, les sourcils froncés, le visage en alerte, il laissait son œil parcourir librement la grâce du dessin, des courbes, des couleurs, sans rien démêler encore. Il cherchait à ce que s'imprime en lui une perception candide, vierge de tout savoir. Happé par l'intensité malicieuse, sombre de ses yeux, par l'étrangeté de la pose, par le fond noir, inachevé, sur lequel se détachait le buste dénudé, il gardait ses distances, par pudeur, par respect. Ce portrait le troublait : s'y trouvaient unis en une liaison si intime, presque douloureuse, l'insouciance et la gravité, la souffrance et le charme.

XII

Alors, Dinah, qu'en penses-tu ? As-tu écouté ce que je t'ai lu à voix haute ? Mais tu me quittes… Où t'enfuis-tu ? Oh, Dinah, crois-tu que notre ami Lewis Carroll serait mécontent s'il apprenait… Mais, ma parole, ça sent drôlement bon, un parfum de pommes caramélisées chatouille mes papilles… L'écriture ouvre-t-elle l'appétit ? As-tu disparu en direction de ce fumet ? Les chats aiment-ils les pommes ou les pommes aiment-elles les chats ? Suivons l'odeur à la trace, viendrait-elle de chez le voisin grincheux ? Ça m'étonnerait…

– Bonsoir, murmura Alice, un turban de nuit sur la tête, j'espère que je ne vous dérange pas ?

– Vous me dérangez toujours, voisine. Vous êtes indocile, impertinente, insupportable… et, de plus, vous écrivez maintenant !

– Mais, se révolta Alice, c'est un secret ! Personne ne le sait encore !

– En effet, personne ; mais votre chat n'est pas une personne, c'est un animal de compagnie, de plus c'est une créature purement fictive. Comment a-t-il osé de sa propre initiative le dire à mon perroquet qui depuis ne cesse de me répéter : « Alice, la Reine Alice écrit ! Alice écrit ! » ? Vous imaginez le tintamarre ! Je suis complètement déconcentré, j'en perds mon grec, mon flamand et mon latin ! D'habitude le perroquet récite Homère ; les jours pairs *L'Iliade*, les jours impairs *L'Odyssée*. C'était une musique de fond très plaisante, mais vous et votre chat, vous avez tout détraqué. Je déteste le changement. De plus, il ne peut y avoir deux écrivains au même étage ! Ce voisinage est intolérable, irrespectueux, injurieux même, compléta le savant.

– Imprévisible, insoumis, iconoclaste, mais impressionnant, ajouta Alice à qui ce dialogue un peu vif ne déplaisait pas.

– C'est, c'est..., bafouilla l'érudit, c'est immanquablement impétueux, impitoyable, incorrect, inadapté, inadmissible, inactuel, inconcevable et irréel. Vous m'entendez, vous êtes irréelle !

– Ça se peut, fit Alice nullement vexée. Je suis une créature de fiction comme Dinah, le Ver à Soie, le Lapin Blanc... Notre créateur nous a inventés parmi d'autres créatures pour le bonheur de trois petites filles avec qui il aimait faire du canotage sur la rivière Isis près d'Oxford. L'une d'elles, sa préférée, se nommait Alice dans la vraie vie. Aussi y a-t-il deux Alice : celle de la fiction et celle de la réalité. Quant à moi, je ne sais à quel monde j'appartiens. Suis-je d'un côté ou de l'autre ? Depuis que j'ai *réellement* traversé le miroir en tombant gravement malade, j'ai perdu tous mes repères, j'ignore qui je suis à présent. Ai-je changé de nom sans m'en apercevoir ? Étais-je déjà Alice avant de pénétrer dans la Maison du Miroir ? Suis-je toujours la même avant et après ? Non, je ne le crois pas, tout a changé dans ma vie. Je n'avais jamais pensé qu'un tel bouleversement puisse m'arriver. C'est un ouragan, une succession de tempêtes, de tourbillons, vous n'en avez pas la moindre idée…

– Cela ne vous autorise nullement à écrire, insista l'érudit qui revenait invariablement à sa première idée.

– Je suis née de l'imagination de Lewis Carroll, mais dans une lettre posthume à Alice Liddell, devenue Mme Hargreaves, improvisa-t-elle, il m'encourageait à devenir écrivain à mon tour.

– Écrivaine, voulez-vous dire, car vaine, vous l'êtes !

– Vous ne vous êtes pas radouci, remarqua Alice sur le point de faire demi-tour, puis, se ravisant, elle fit une tentative de conciliation. À propos de tout à fait autre chose, dites-moi, sans vous offenser, la délicieuse odeur de pomme et de caramel vient-elle par hasard de votre four ?

– Ah, enfin, un mot sensé dans votre bouche, voisine. Je suis satisfait de constater que vous ne méconnaissez point mes talents de pâtissier au même titre que mes pâtisseries d'érudition ! À cette heure tardive de la nuit, j'aime assez inventer des desserts. Voudriez-vous goûter mes pommes fondantes à la cannelle avec du pain d'épices grillé ?

– Volontiers, mais ne m'en voulez pas, j'ai un appétit d'oiseau…

– Je préfère les oiseaux aux chats, comme je vous le disais au début de notre conversation. Tiens, le perroquet a repris sa mélopée homérique… Alors, dites-moi, cette compotée de pommes n'est-elle pas absolument pa-ra-di-siaque, si je puis me permettre de me féliciter moi-même ?

XIII

Ces pommes et ces *i* me restent sur l'estomac, soupira Alice, regagnant sa chambre. Dinah, où es-tu, vilaine, vilaine ? Ne peux-tu garder un secret ? Si tu savais ce que tu as déclenché ! Viens ici, que je te donne un petit baiser pour que tu comprennes que tu es en disgrâce, tu es impardonnable ! Ah, non, finissons-en avec les *i* ! Je suis trop irritée à présent, je ne pourrai jamais m'endormir. Je le pressens, l'insomnie me guette. Et j'oubliais, demain c'est le troisième rendez-vous avec le Chimiste. Il faut avaler ces médicaments qui me tiennent éveillée. Quel est leur nom déjà ? Drôle, drolatique ? Mélodramatique ? Je ne m'en souviens jamais, le flacon doit être quelque part sur ma table de chevet. Peut-être devrais-je regarder un épisode du docteur Home. Le héros est tellement irrésistible, inimitable, intraitable, ironique… Voilà que ça recommence… N'y a-t-il que des adjectifs en *i* dans notre langue ? C'est ilarant… Non, « hilarant » heureusement s'écrit avec *h*. La lettre *h* est-elle féminine ou masculine ? Dit-on un *h* ou une *h* ? Je me complique la vie ! Ouvrons plutôt l'attrape-regards.

Chimio 3

I

– Oh, oh, oh ! criait la Reine Rouge. Je saigne du bras ! La tête me tourne ! Faites quelque chose !

– Mais, protesta Alice, déconcertée, c'est à moi qu'on vient de faire une prise de sang, c'est le creux de mon bras qui est jaune et violet ! C'est moi qui ne me sens pas bien, vous devez confondre. Ma tension est trop basse, je suis au bord de l'anémie, quant à mes globules blancs…

– Vous dites n'importe quoi, je suis la Reine, tout m'appartient ici. Votre corps n'est pas à vous, il est à la Science, et la Science, c'est moi !

– Mais, mais…, essaya de protester Alice auprès de qui se tenait une jeune chimiste qui préparait les perfusions du jour. Je ne puis croire une chose pareille ! Je suis la malade, et, et… je suis dans mon corps, il n'y a, hélas, aucun doute à ce sujet.

– Vous faites erreur, les malades n'existent pas ; vous n'êtes qu'une maladie. Mais, consolez-vous, vous avez obtenu la reine des maladies, précisa la souveraine sur un ton de plus en plus courroucé.

Alice ne se sentait pas de taille à se battre contre une telle négation, elle refoula ses larmes, garda sa révolte silencieuse. Elle détourna son regard vers les nuages au loin, se concentrant du peu de forces dont elle disposait pour effacer de sa conscience l'offense qui lui était faite. Comment puis-je résister à un tel assaut d'aveuglement, d'absurdité, d'inadéquation ? se demandait-elle, cherchant à s'imaginer dériver dans le ciel comme si elle s'était métamorphosée en une formation aérienne, vaporeuse, flottant au-dessus de tout, sans que rien ne puisse plus l'atteindre.

II

– Encore quelques jours de patience, vous vous sentirez mieux, lui promit le Ver à Soie qui comme à son habitude venait d'apparaître à l'heure de son choix. Ne vous laissez pas pourrir la vie ! La Reine Rouge n'incarne qu'elle-même ; elle se croit la Science en personne ; mais le jour où elle tombera malade, elle perdra de son arrogance, je vous le promets. Dites-moi plutôt, comment puis-je vous mettre un peu de baume sur le cœur ?

– Vous me rassurez, reconnut Alice, lâchant de gros soupirs. Je me sens mieux que ce matin, je l'avoue. Il faudrait d'abord avoir été malade avant de prétendre s'occuper de maladies, grogna-t-elle entre ses dents. J'ai une forte envie de mordre. Auriez-vous la gentillesse de couper quelques morceaux de ce gingembre confit ? demanda-t-elle en tendant un sachet à son visiteur. Accepteriez-vous d'en goûter avec moi ?

– Avec plaisir, chère Alice. Dites-moi, avez-vous reçu la visite de mon alter ego ? A-t-il pu vous aider ? Comment va votre bras ?

– Oh, mon bras ! Faut-il vraiment en parler ? Ça me tenaille, m'étire, me déchire, ce sont des lancements, des élancements, des tiraillements, des picotements, des décharges... Dois-je continuer ?

– Bravo, Balbozar n'aura pas le temps de s'ennuyer, il adore la difficulté !

– Oui, je crois qu'il m'a dit quelque chose dans ce genre...

– Et le stylographe de votre enfance ?

– Le croirez-vous, cher Ver à Soie ? Depuis qu'il l'a réparé, il coule tout seul... Je veux dire que je me suis mystérieusement mise à écrire... Je ne comprends pas ce qui m'arrive, c'est presque inquiétant... ça jaillit comme d'une source dont j'ignorais l'existence... J'ai peur qu'elle ne se tarisse...

– Ne craignez rien, les sources sont inépuisables.

– Oserais-je vous lire quelques lignes écrites aujourd'hui ? C'est la rencontre d'une peinture du quinzième siècle et d'un photographe. Mon créateur, Lewis Carroll, était, comme vous le savez, écrivain, mathématicien et photographe... N'est-ce pas trop orgueilleux ?

– Je vous écoute, Alice.

– Je suis un peu intimidée ; je n'ai plus beaucoup de voix... J'essaye...

Dans la pénombre du musée, le photographe s'imprégnait très lentement, avec une sorte de douceur enveloppante, de cette présence nouvelle. Il se détourna un moment comme pour rafraîchir sa vision, se laver les yeux entre deux regards. Il découvrit alors le voile transparent que la dame ramenait délicatement entre les seins, la danse de ses mains, l'une pressant légèrement le tissu contre la chair, l'autre s'égarant, en un geste suspendu, presque maniéré, troublant, près des cuisses. La noblesse de l'allure contredisait sans l'annuler l'impudeur.

Les paupières baissées, il tentait de fixer l'œuvre du maître ; de sa mémoire surgissaient des détails involontairement perçus : la perle en forme de goutte, cousue sur le turban noué au bord du front, les doigts si mobiles, curieusement écartés, le ruban ceignant un bras, l'esquisse d'une fossette sur le haut du sein gauche.

Il s'écarta, recula, fronça les sourcils, retroussa les lèvres, soudain absent. Près de l'entrée, il aperçut le siège du gardien, le déposa face à la peinture, s'y assit avec précaution, comme pour ne pas effaroucher le portrait, s'excuser de s'en approcher.

Posant le menton dans le creux de sa paume, il fit le vide, prit le temps de se rendre disponible, de chasser de son esprit tout ce qui aurait pu l'éloigner de cette seconde fugace, innocente, clairvoyante, de la toute première empreinte, du premier instant. La trace de cet impact, rien ne l'effacera jamais, quels que soient les suites de l'histoire, les détours ou les remaniements de la mémoire, les dés ont été jetés. On ne se rencontre qu'une seule fois.

– Continuez, Alice, écrivez, prenez des images, acceptez tout ce qui vous fait du bien, soyez vous-même. Les jours difficiles sont devant vous, prenez le bon pour traverser le mauvais. Il faut donner du temps à la joie. N'oubliez jamais, très chère Alice, la joie est un grand remède. Et merci pour le gingembre ! lança le Ver à Soie, qui s'évanouit d'une manière aussi imprévisible qu'il était survenu.

III

Comme elle restait allongée dans la pénombre, songeuse, le stylographe chatouilla ses doigts, les écarta pour se glisser entre le pouce et l'index, l'entraîner à sa suite :

> *Le photographe reprit sa contemplation. Quelque chose l'intimidait.*
>
> *Qui était cette dame de la Renaissance dont la sensualité était figurée sans aucun des attributs traditionnels d'une divinité de l'amour ? Les yeux du modèle dévoraient les yeux de son peintre. Que s'était-il passé entre eux jadis ?*

– Oh, pas si vite, murmura Alice, essoufflée, à la Plume qui dansait plus vivement qu'elle ne pouvait la suivre. Attends un peu, ne cours pas ainsi…

Mais la Plume n'en faisait qu'à sa mode, l'obligeant à emboîter son allure :

Le tableau parlait de joies, de gourmandises, mais aussi de mélancolie. Malgré des siècles de distance, il éprouvait un curieux sentiment d'empathie. Pourquoi prêtait-il à ces traits gracieux une douleur insoupçonnée ? Se pouvait-il qu'il ressente une forme d'intimité avec une femme qui avait vécu, si elle avait jamais existé, près de cinq cents ans plus tôt ? Était-elle seulement une femme ou l'incarnation de l'idée de Beauté, de Grâce, d'Amour, un idéal au-delà de toutes les réalités humaines ?

– Doucement, doucement, supplia Alice, je suis exténuée, faisons une pause.

Mais la Plume ne l'entendait pas de cette oreille. Elle s'amusait, virevoltait, glissait, sautillait sur la page comme si elle parcourait une salle de bal, dessinant une valse de ses pieds ailés.

Le portrait de la dame voilée insistait, cherchait à trouver une place dans ses pensées. Sa compagnie, singulière, audacieuse, s'imposait. Le photographe ne pouvait y échapper, ne souhaitait pas y échapper. Quelque chose le bouleversait et il aimait ce bouleversement.

– Non, répéta Alice, ça suffit, je t'en prie, arrêtons-nous un peu… Tu continueras, nous continuerons… plus tard… Je n'en peux plus, ne comprends-tu pas ?

Ne vois-tu pas que je ne suis pas dans mon état normal, avec toutes ces drogues dans les veines ?... Toi, tu écris, mais pour moi, c'est comme si c'était une hémorragie... je me vide, tu me vides... je ne sais pas comment t'expliquer... je n'ai plus de forces... Patiente, s'il te plaît, je suis sans ressource, sans réserve, à fleur de peau, écorchée... Comment dire ?... Laisse-moi... Tout me bouleverse, m'anéantit... Va-t'en...

IV

Tard dans la nuit, Alice s'éveilla et découvrit à côté de la page inachevée son foulard défait, le capuchon du stylo ouvert. L'encre était encore humide. La Plume avait poursuivi l'histoire sans elle :

> *Le photographe se tenait immobile auprès de l'inconnue. La toile le regardait. Il ne pouvait en douter. Ce qu'il percevait, ce qu'il avait sous les yeux, c'était une parcelle de vie, une minuscule, tenace, inexplicable palpitation de vie.*

– Sacrée Plume, je n'ai pas la force de me mesurer à toi ! Tu m'épuises ! J'abandonne la partie, tu as gagné : échec à Alice ! Tu es décidément très forte ! Trop forte pour moi. Je te laisse tomber, je t'ai retrouvée mais je vais te perdre à présent ! Tu l'auras voulu, tu m'as provoquée, tu m'as persécutée, eh bien, maintenant je t'engloutis dans l'oubli ! Pffft, te voilà disparue de ma mémoire, tu n'existes plus. Les choses n'existent que si on pense à elles, je ne pense plus à toi. Je te gomme de mon existence. Adieu, stylo !

Qui perd gagne, se persuada Alice qui finit par s'endormir, fière de sa trouvaille.

V

Le lendemain matin, à moins que ce ne fût la veille ou le surlendemain, Alice s'accorda tous les droits qu'elle ne s'était jamais octroyés auparavant ou même plus tard. Elle commença par faire ce qu'elle n'avait jamais fait : ne rien faire. C'était extrêmement compliqué. Toujours une idée nouvelle la sortait de son lit, de sa chaise longue ; dès que l'idée se présentait, elle la happait au vol et se mettait à la poursuivre sans plus la lâcher. Ainsi voulut-elle changer la disposition des meubles de sa chambre, ranger par ordre alphabétique tous ses livres et les images en mouvement, disposer ses vêtements par couleurs, jouer avec des perles pour confectionner des bijoux. Ne rien faire était une activité à temps plein. Elle s'y prenait sûrement très mal parce qu'elle n'en avait pas l'habitude.

Essayons autre chose, s'encouragea-t-elle. Soyons futile, insouciante ! D'autres s'y emploient parfaitement, je devrais pouvoir y arriver : je vais me laquer les ongles des pieds et des mains, décida-t-elle, conquise par la légèreté de ce projet. Ce serait tellement délicieux de devenir une tête de linotte, un petit pois creux, une nuée sans conscience et sans remords, songea-t-elle avec envie. Je vais m'exercer à l'étourderie, à la nonchalance, aux caprices… Plus d'horaires, plus de politesse, plus de convenances, plus d'attention aux autres.

Avec l'Attrape-Lumière elle se prit en images, riant de s'y voir tirer la langue, rouler des yeux, gonfler les joues, faire des pieds de nez, des niches et des grimaces : le turban de travers, sans turban, le crâne nu décoré de colliers, de fleurs, de papiers multicolores…

VI

Entre deux rendez-vous à l'Institut de Chimie, son énergie s'amenuisait d'heure en heure, elle n'avait plus la force de quitter sa chambre. Elle mettait pourtant un point d'honneur à se dessiner un œil de biche, une bouche grenat, à choisir des boucles d'oreilles, des turbans assortis à ses vêtements.

Ce n'était ni frivolité, ni humeur primesautière, ni inconséquente excentricité. Tout au contraire, c'était l'essentiel : le minimum de dignité qu'Alice se devait à soi-même.

Pour garder la tête haute, envelopper la douleur, affronter le redoutable miroir, survivre, simplement vouloir survivre.

Un matin de pluie, elle s'habilla en jaune éclatant. Le lendemain, pour se donner du courage, de la vitalité, elle osa le rouge de la tête aux pieds, des chaussures au chapeau, n'avalant que des mets de la même couleur : du jus de betterave, des lamelles de poivron mariné, du poulet dissimulé sous le paprika, des fraises au coulis de groseilles et des cuberdons, bonbons croquants et fondants en forme de cône parfumés à la framboise.

Alice avait un peu peur de faire peur à ses imprévisibles visiteurs, mais le Blanc Lapin qui passait justement par là en courant, une nouvelle montre au poignet, prit quelques secondes pour la féliciter de ses espiègleries.

VII

– Que vous est-il arrivé ? interrogea Cherubino Balbozar qui se posait à l'instant auprès d'elle, refermant ses ailes, un petit paquet à la main.

– Oui, je me suis mise à l'écarlate, c'est un peu voyant, je le reconnais, mais le rouge me donne de l'élan, du tonus, j'en ai tellement besoin, avoua Alice qui faisait une toute petite mine.

– C'est une excellente idée, la couleur est thérapeutique. L'effervescence de la couleur, ses vibrations, la joie de la couleur ont un pouvoir de guérison. Ne vous privez pas de couleurs… même si vous écrivez noir sur blanc, madame l'écrivain, ajouta-t-il avec un clin d'œil complice.

– Oh, ne me parlez pas d'écrire, répondit Alice un peu vivement. J'ai volontairement égaré le stylographe. Je ne sais pas où il se trouve à présent. Il me faisait trop de misères, vous ne pouvez vous imaginer comment. Figurez-vous qu'il avait la prétention, l'audace, le culot de me tenir par la main, de la guider à sa guise, de galoper sur la page sans me demander mon avis, de m'entraîner si vite derrière lui que j'en étais tout essoufflée, haletante, exténuée, fourbue, brisée…

– Vous avez raison, prenez du repos, c'est indispensable. Courir derrière l'inspiration n'est pas indiqué dans votre état. Il n'y a pas d'urgence, vous retrouverez votre plume quand ce sera l'heure. Je vous avais promis des friandises, les voici, dit Balbozar, présentant à son hôtesse le ballotin qu'il cachait dans son dos. Ce sont des macarons aux parfums de pistache, de réglisse, de fraise des bois, d'amande et de café. Regardez leurs jolis tons pastel, j'espère qu'il vous sera doux de les grignoter.

– Puis-je les partager avec vous ? Coupons-les en deux pour les déguster tous, ce sera plus amusant ! supplia Alice, les yeux pétillants.

– Si tel est votre souhait ! répondit Cherubino Balbozar en appuyant malicieusement sur chaque syllabe.

– Savez-vous que je m'applique à l'insouciance et à la futilité depuis peu ? annonça son hôtesse.

– Vous m'étonnez, s'amusa son invité.

– Si, si, je vous assure. C'est fort pénible, je dois le reconnaître. Je ne suis pas très douée en la matière. J'ai des remords quand je ne m'occupe que de moi-même. J'ai tellement eu l'habitude de faire passer les autres avant moi, je ne sais pas comment m'y prendre pour me mettre en premier sur la liste.

– Ne vous inquiétez pas, cela s'apprend tout seul dans votre situation, affirma calmement Balbozar.

Vous n'avez même plus le choix ! L'accessoire tombe de lui-même, il ne reste que l'essentiel.

– Oui, peut-être, murmura Alice, embarrassée. Il n'empêche que je ressens des remords ou des regrets, je ne sais pas au juste la différence…

– Les regrets sont plus forts, il me semble, ils empêchent de dormir…

– Vous croyez ? J'aurais cru le contraire, les remords vous mangent l'âme, ils ne vous laissent pas en paix… Regardons dans le dictionnaire…

– Ne bougez pas, Alice, je suis en train de vous masser le bras, il en a grand besoin, le malheureux, il est tendu comme les cordes d'un violon.

– Ce vilain bras, je me passerais bien de lui, si vous pouviez le dévisser…

– Cela ne vous soulagerait pas, je le crains. Souhaiteriez-vous être manchote ?

– Un bras de plus, un bras de moins… J'ai perdu mes cils et mes sourcils, l'avez-vous remarqué ? Que vais-je perdre encore ? Ma bonne humeur assurément. Oh, et puis j'ai si mal à la nuque, aux épaules, c'est d'avoir trop écrit sûrement. Quel funeste diablotin, ce stylographe ! Si vous pouviez me masser le cou également…, se permit d'ajouter la dame enturbannée.

– Vous exercez votre égoïsme tout neuf sur moi aujourd'hui ? interrogea Balbozar avec une brusquerie qui lui avait échappé.

– C'est-à-dire…, commença Alice, très gênée.

– Ce n'est pas ce que je voulais dire, se reprit Cherubino. Je m'occuperai de votre cou, c'est promis, dès demain.

– Je devrais aussi apprendre à respirer, je respire très mal.

– On a beaucoup de choses à apprendre, fit-il.

– Et mon estomac, il est en feu. Pourriez-vous soulager mon estomac ? s'enhardit-elle à espérer.

– Cela demande un peu de réflexion, mais ce n'est pas impossible.

– Comment allez-vous vous y prendre ?

– Je ne sais pas encore, reconnut Balbozar, les sourcils froncés, mais en tâtonnant, en cherchant, comme un sourcier, on finit toujours par trouver ce que l'on cherche.

– Parfois c'est en ne cherchant pas qu'on trouve, proposa Alice.

– Les mauvaises choses se présentent d'elles-mêmes, les bonnes, il faut les susciter, affirma-t-il au contraire.

– Peut-être que oui, peut-être que non, murmura Alice qui n'aimait pas trop la direction que prenait la conversation.

Pour rester en harmonie avec son hôte, elle proposa d'une voix joyeuse :

– Goûtons ces macarons, ils vont nous mettre d'accord ! Lequel choisissez-vous d'abord, le vert pâle ou le nacré ?

– Je vous en prie, après vous, fit Balbozar, joignant le geste à la parole.

– Non, non, j'insiste, assura Alice. Je suis devenue égocentrique, mais le sens de l'hospitalité, j'y tiens. Vraiment. C'est à vous de vous servir en premier, vous êtes mon invité. Je vous en prie, servez-vous. L'hospitalité, c'est sacré. Les anciens Grecs ouvraient toujours la porte à qui venait y frapper. Un vieillard boiteux et puant pouvait se révéler une divinité de l'Olympe dissimulée sous ce déguisement…

– Merci pour le rapprochement !

– Soyez le bienvenu, comme on dit en anglais, fit Alice, pince-sans-rire, qui n'avait pas oublié ses origines anglaises.

– Bonne soirée, Alice la Malice, répondit Cherubino en déployant ses ailes.

– Merci, monsieur l'Ange gardien. À bientôt ?

– À très bientôt, acquiesça-t-il, disparaissant aussi vivement qu'il était arrivé.

VIII

Où peut-elle se dissimuler, cette plume qui danse dans le vent sans ma permission ? s'inquiéta Alice, contrariée, dès qu'elle se retrouva seule. Où l'ai-je perdue sans m'en apercevoir ? Je déteste égarer les choses même lorsque ce sont elles, en vérité, qui m'égarent, pensa-t-elle avec agacement. Quelle est donc cette phrase d'Edgar Poe que j'aime tant lorsque je dois éclaircir un mystère ? C'est l'inspecteur qui la prononce dans *La Lettre volée* : « Si c'est un cas qui demande de la réflexion, observa Dupin, s'abstenant d'allumer la mèche, nous l'examinerons plus convenablement dans les ténèbres. » À propos d'obscurité, où se niche mon dictionnaire ? Je ne l'ai sûrement pas rangé entre les livres en C et les livres en E, mais on ne sait jamais, j'ai parfois des idées saugrenues. Tiens, comme c'est curieux, comme c'est bizarre, quelle coïncidence, se dit Alice qui aimait de plus en plus *La Cantatrice chauve* – et pour cause, elle est anglaise comme moi –, tout en se plongeant dans le *Trésor de la langue française* : le mot « remords » vient du verbe

« remordre » ! Je n'aurais jamais cru cela, mais ce n'est pas faux, quand on se ronge d'avoir mal agi, on ne cesse de se mordre et de se remordre la conscience, surtout la nuit. Pourquoi le dictionnaire ne précise-t-il pas que certains mots sont plus douloureux la nuit ?

– Les mots et les maux, insista la Reine Rouge qui s'était égarée sur l'échiquier.

– Oh, vous ici ! Je ne vous parle pas, je ne vous écoute pas. Vous êtes sûrement là par erreur, par erreur médicale. Les mots blessent autant que les blessures, vous m'avez blessée à mort. Je ne vous le pardonnerai jamais, vous entendez, allez-vous-en ! Vous n'êtes qu'un médecin imaginaire !

Alice se replongea dans le dictionnaire, oubliant jusqu'au souvenir de la royale intrusion. Elle recopia les définitions : « Remords : sentiment douloureux, accompagné de honte, que cause la conscience d'avoir mal agi », « Regret : mécontentement de soi ou chagrin d'avoir agi de façon inadéquate ou répréhensible ; culpabilité d'avoir fait ou de n'avoir pas fait quelque chose ».

Hésitante, elle n'arrivait pas à décider si elle était la proie de l'un ou de l'autre. Peut-être ne faut-il pas vouloir tout comprendre, se dit-elle, poussant soupir après soupir. Tiens, quelle est la définition de « soupirer » ? « Pousser un, des soupirs. Soupirer faiblement, profondément ; soupirer d'aise, de contentement. Pousser des soupirs amoureux. » Et « soupir » :

« Expiration ou inspiration plus ou moins forte et prolongée qui rétablit un équilibre respiratoire perturbé le plus souvent par une vive émotion. »

C'est précisément cela, approuva Alice, émue par tout ce qu'elle venait de vivre.

Je suis tellement lasse, mais il faudrait que je poste un billet sur mon blog, je le délaisse depuis trop de jours, sinon j'aurai, j'aurai… du repentir !

Aussitôt dit, aussitôt fait. Elle assembla quelques photos jaunies trouvées dans le désordre d'une boîte à chaussures, prit un instantané, l'accompagna des définitions et ajouta sans trancher : « Remords ou regrets. »

Avec le délicieux sentiment du devoir accompli qui ne l'avait pas quittée.

Et si c'était l'heure H à présent, celle de lire une page de l'ami Proust ? marmonna Alice. « Longtemps je me suis couchée de bonheur… »

IX

– Plus vite ! Plus vite ! criait la Reine Blanche dans le rêve d'Alice.

Mais Alice sentait qu'elle ne pouvait marcher plus vite, encore moins courir, elle n'avait d'ailleurs pas assez de souffle pour le dire à la Reine qui s'impatientait.

– Mettez un pied devant l'autre, que diable ! Plus vite ! Plus vite ! vous dis-je. Fermez la bouche, respirez par le nez, tenez-vous droite, soulevez les pieds !

La rêveuse commençait à s'inquiéter sérieusement, plus elles se déplaçaient, plus elles faisaient du surplace. Le chemin ne les menait nulle part. Le plus curieux dans l'aventure, c'est que rien ne bougeait autour d'elles : ni les arbres, ni le ciel, rien de vivant ou d'inanimé. Suis-je dans un décor de théâtre ? se demandait Alice. Faisons-nous semblant de marcher ou sommes-nous entravées par quelque tyran, la proie d'un mauvais sort ou d'un mauvais corps ? Le monde se meut-il aussi vite que nous pour nous empêcher d'aller de l'avant ?

– Dans mon pays, essaya-t-elle d'articuler à voix haute, quoiqu'elle fût hors d'haleine, si l'on se promenait aussi vite aussi longtemps, on arriverait ailleurs, n'importe où mais quelque part ! Ici, je ne suis même pas certaine qu'on avance d'un seul centimètre, je crois même, au contraire, que nous reculons ! Nous sommes parties il y a déjà longtemps, fit-elle remarquer en regardant son poignet d'où le Temps avait disparu, et nous sommes toujours au même endroit. Ce voyage manque totalement d'intérêt, je ne tiens plus sur mes jambes, j'ai mal partout, et tout ça pour rien !

– Ma pauvre, vous êtes complètement écervelée, rétorqua la Reine Blanche. Dans le Monde du Miroir, il faudrait se mouvoir dix fois plus vite pour seulement rester là où l'on est. Quant à se rendre ailleurs, vous n'y pensez pas, toute la vitesse de vos jambes ne pourrait vous y conduire. Mais vous avez sûrement soif, prenez ce petit-beurre, il calmera votre impatience, ricana-t-elle de sa voix trop aiguë, sans faire mine de rien offrir à Alice. Voulez-vous que je vous tranche la tête ? interrogea la Reine, un couteau à la main. Cela vous soulagera définitivement.

– Comment quitter ce cauchemar ? pensait Alice sans se rendre compte que ses pensées parlaient à voix haute.

– C'est très simple, il suffit de le demander. Vous n'êtes qu'un pion sur un échiquier, votre joueur vous avancera d'une case.

S'était-elle évaporée, avait-elle abandonné la partie, reviendrait-elle une autre nuit ? Alice ne sut jamais comment la chose advint, mais la Reine Blanche disparut du damier des songes.

Au cours de ce voyage nocturne, Alice entra ensuite dans une boutique, une toute petite boutique de très très grands chapeaux. La modiste l'accueillit, des épingles dans la bouche, elle chantonnait :

Il court, il court, le furet,
Le furet du bois joli.
Il court, il court, le furet,
Le furet du bois mesdames…

– Quel genre de chapeau cherchez-vous ?
– Un chapeau de mariée !
– C'est un mariage à Paris ou à l'étranger ?
– Euh… Je ne sais pas encore.
– C'est un mariage à la campagne ou à la ville ?
– À la ville… Du moins, je crois.
– C'est un mariage de printemps ou un mariage d'hiver ?
– C'est-à-dire…
– Et le mari, il est là ?
– … Je voudrais un chapeau qui ne soit assorti à rien. Je commence par choisir le chapeau… c'est le plus important.

X

Dès qu'elle ouvrit les yeux, Alice se souvint d'une vieille chanson qui parlait de petits gâteaux et du palais de Dame Tartine, ce qui ne lui ouvrit nullement l'appétit. Elle continuait à préférer les mots des mets aux mets eux-mêmes.

Comme elle vit de loin le Troll souriant s'approcher de son lit, elle s'empressa de se coiffer d'un béret de marin qu'elle tenait à portée de la main parmi d'autres chapeaux dans un tiroir de sa table de chevet pour les heures du jour et de la nuit où elle n'avait pas la force de s'enrouler sur la tête des écharpes ou des foulards.

Quand je pense que dans le vieux temps on trouvait indécent de se présenter « en cheveux », je suis devenue, bien malgré moi, une personne très très convenable…

Le Troll tout sourire portait deux théières dans une main, un objet blanc dans l'autre.

– Assam ou Grand Yunnan Impérial ? demanda-t-il cérémonieusement.

– Je prendrais volontiers quelques gouttes du thé indien, sans sucre ni lait, merci.

– Mais vous ne pouvez continuer à vous nourrir comme si vous étiez devenue une miniature, objecta le géant. Vous êtes toute pâle, vous manquez de fer, mangez donc des huîtres !

– Oh non, gémit Alice, pas de grand matin ! Pourquoi pas des perles, elles sont sûrement croquantes à souhait, enrobées de chocolat ! Mais quel est ce sac tout empesé que vous tenez là ?

– Une toque !

– Êtes-vous devenu maître coq ?

– Non, ce n'est pas pour moi, mais pour vous.

– Quelle idée ! Je n'ai pas plus envie de cuisiner que de manger. Je suis tout juste capable de lire des recettes, et encore, du bout des lèvres, et pas trop longtemps sinon elles me tournent l'estomac. Que voulez-vous que je fasse d'un chapeau de marmiton ?

– Ce n'était qu'une suggestion parmi d'autres pour varier les plaisirs de la tête. Les turbans vous vont à ravir, mais tant qu'à garder la chambre, pourquoi ne pas y faire un tour du monde avec la toque écossaise, le sombrero mexicain, la chapka russe, le bonnet lapon, la coiffe japonaise, la mantille espagnole, le voile en dentelle de Valenciennes, Bruxelles ou Venise ?...

– Et le Chaperon Rouge me promènera au bois, ajouta Alice, d'humeur joueuse. Avec les bottes du Chat Botté, je rejoindrai le Marquis de Carabas, deviendrai une marquise couronnée de saphirs et d'émeraudes ! Les princesses portent au bal des tiares, des diadèmes, qu'elles dissimulent sous des capuches d'organdi ou une peau d'âne…

– Que diriez-vous d'un morceau de kouign-amann pour démarrer la journée ? suggéra le Troll, toujours de bonne humeur, mais qui n'avait pas abandonné le projet de voir la dame aux chapeaux se sustenter un peu.

– Une part de beurrée de Bretagne pour mon petit déjeuner ?

– S'il était déjà quatre heures, je pourrais vous servir des tartelettes à la frangipane.

– Ou une muscadine aux cerises… une charlotte aux pommes…

– Ou des gâteaux à l'ananas…

– … des mille-feuilles toulousains, des puddings divers…

– … une crème au thé ou un soufflé aux pistaches…

– … simplement une douzaine de crêpes fourrées…

– … le tout escorté toujours de gaufres fraîches, de massepains et de brioches, terminèrent en chœur Alice et le Troll, qui tous deux étaient de grands amateurs de *La Vie et la Passion de Dodin-Bouffant*, ce délicieux gourmet inventé par Rouff en souvenir de Curnonsky.

– Je n'ai tellement pas d'appétit que les mots suffisent à me nourrir !… Si on jouait à réciter une liste de mets salés ? Je commence, lança Alice : il y avait là des gelées de chanterelles et d'écrevisses…

– … de petites truites confites, bourrées d'estragon et d'olives hachées…

– … des saucissons frais du village de Payerne dont les chairs juteuses et grasses étaient imprégnées d'essence de bois parfumés…

– … des hachis de pigeons à la crème…

– … des œufs bourrés de pâte à quenelle odorante…

– … des rôties au beurre chargées d'un dôme de foies de canards pilés…

– … des croquettes de fromage bouillant enlaçant des aiguillettes de jambon…

– … de minuscules grives froides et désossées, bardées de couches d'anchois…

– … des tonnelets de laitances piquées de girofles et fardées de poivre rouge…

– … des pilafs froids de thon au citron…

– … des anguilles glacées farcies de purée de crevettes…

– … des boudins frits de gibier et de chair à saucisse…

– … et une gracieuse barque de beurre frais et bien moulé, termina Alice, éclatant de rire avant de se mettre tout aussi soudainement à pleurer d'épuisement. Pitié ! Pitié ! Arrêtons le jeu pour aujourd'hui, je ne peux plus avaler un traître mot !

– Mais vous n'avez rien mangé !

– Nous verrons cela plus tard, je vous le promets, murmura Alice, s'effondrant sur une pile d'oreillers. J'en ai soupé pour aujourd'hui !

XI

Sur la table de chevet, il y avait son désordre habituel : montre, potions, bijoux, dattes et noix de cajou, attrape-sons, Attrape-Lumière, attrape-tout, carnet de notes, thermomètre, chapeaux, turbans, gobelets, livres, papiers, babioles et vétilles.

Dans la Maison du Miroir les objets possédaient une vie propre, prenaient des initiatives, devenaient insaisissables. Quand Alice étendait le bras pour attraper l'un d'eux, il se dérobait par facétie ou mauvaise volonté. Ils jouaient entre eux aux chaises musicales. Il fallait s'y prendre à plusieurs reprises pour mettre la main sur quelque chose dont on pouvait avoir un urgent besoin. Les feuilles chiffonnées quittaient la poubelle, mais les bouchons y faisaient des parties de dames au moment où on souhaitait refermer bouteilles, tubes de crème ou encriers.

Les petits coussins d'Avignon avaient trouvé refuge au bord de la fenêtre pour observer le ciel. Échappant au temps des fleurs, le bouquet de renoncules de la Licorne s'était pétrifié, alors que les livres, d'ordinaire gardiens immuables des trésors qu'ils renfermaient, ne cessaient de se mouvoir, mélangeant les paragraphes, les chapitres patiemment ordonnés, les chutes et les ouvertures. Certains mots perdaient jusqu'à l'ordre de leurs syllabes.

Naissait alors, dans un silence de papier, une langue lumineuse, palpable, affranchie, une langue d'avant l'insupportable exil, d'avant la séparation entre le son et le sens. Dans ce fantasque remue-ménage, il n'y avait plus l'ombre d'une distance entre le mot et la chose, plus le moindre écart entre ce que l'on pouvait vivre et ce que l'on pouvait en dire.

Alice apprit à secouer un livre avant de l'ouvrir, ainsi, espérait-elle, chaque lettre aurait repris sa place initiale. Si on n'y prenait garde, il se pouvait que les couvertures ne contiennent plus les pages annoncées par le titre et le nom de l'auteur. *La Divine Comédie* de Dante s'était égayée en compagnie de *La Comédie humaine* de Balzac. L'*Histoire de ma vie* de Casanova échangeait des rebondissements avec *Le Comte de Monte-Cristo* et *Les Voyages de Gulliver*. Des personnages de Molière, Tchekhov et Shakespeare se donnaient la réplique. Einstein et Cléopâtre faisaient la conversation. Spinoza bousculait Kant, Platon corrigeait Nietzsche.

Lewis Carroll lui-même se glissait tantôt entre les lignes de James Joyce, tantôt entre celles persanes des *Mille et Une Nuits*, sanscrites du *Mahābhārata* ou hébraïques du Cantique des cantiques. Personne ne s'inquiétait plus ni de la marche du temps ni des soucis de traduction, chacun comprenant instantanément toutes les autres langues, au présent historique, au plus-que-parfait du subjonctif ou au passé composé et recomposé.

XII

– Comment allez-vous aujourd'hui ? demanda le Blanc Lapin qui contrairement à ses habitudes ne courait pas ce jour-là.

– « Tout va très bien, madame la marquise », chantonna Alice qui faisait triste figure.

– « Pourtant il faut, il faut que l'on vous dise, on déplore un tout petit rien, un incident, une bêtise… », continua le Blanc Lapin sur le même ton. Mais dites-moi, chère dame aux foulards, vous-même…

– Peut-être vaut-il mieux que je me taise, soupira-t-elle.

– Parler soulage… parfois, ajouta-t-il avec douceur.

– Parfois, mais « notre besoin de consolation est impossible à rassasier »… Ici, maintenant, je sais désormais que toute consolation est vaine.

– Oui…, fit-il pour l'inviter à poursuivre.

– Je suis infiniment triste, admit-elle. Je ne me reconnais plus. J'ai perdu le sourire et l'humour. J'ai tout perdu, mes cheveux, mon appétit, mes forces, mon sommeil, mon stylo, mon chat. Il pleut, je n'ai plus l'énergie de descendre au jardin. C'est si près et trop loin. Rien, c'est déjà trop. La nuit je suis poursuivie par le Roi et la Reine de Cœur qui ne cessent de vouloir me trancher la tête. Mon corps est empêché, je suis hors du monde, dépossédée. Douleurs ou souffrances, je ne connais pas de répit. Je dis « mon » corps ou « mon » sommeil, mais ils ne m'appartiennent pas, je ne dispose pas d'eux, je ne suis même plus certaine de pouvoir prononcer le mot « je ». Il s'agit seulement de tenter de survivre comme une goutte d'eau, un caillou. Si je pouvais disposer de la force intouchable d'un seul grain de sable, être en un seul lieu de mon corps intacte, mais je ne suis que ravage, explosion…

– Alice qui pleure et Alice qui rit : vous êtes l'une et l'autre, indissociables. Pour traverser tempêtes et ouragans, pour survivre, vous luttez de toutes vos forces ; vos ressources sont immenses, mais vous ne le savez pas encore ; vous allez les découvrir en les déployant. Vous repousserez vos limites, vous verrez, dit le Blanc Lapin avec une calme conviction.

– Non, je ne vous crois pas. La vie est sans issue. C'est trop tard. Vous êtes généreux. Je vous dois tellement. Mais je suis réellement passée de l'autre côté. Irréversiblement entrée dans une autre dimension. Parfois on espère, on souhaite qu'il y ait un avant et un après, mais la plupart du temps on va et on vient, on fait des allers-retours, encore et encore ; on prend des résolutions que l'on ne tient pas. On entend le murmure séduisant des consolations, des fausses consolations, chimères, toujours chimères : les plaisirs, les voyages, l'amour, il n'en reste rien. L'éphémère demeure l'éphémère. Il n'y a pas de solution aux affaires humaines. Sans doute n'accepte-t-on pas l'idée que la vie soit insensée, qu'avant la naissance il n'y avait rien, qu'après la mort il n'y aura rien, seulement la course infinie des astres dans l'univers. L'être humain est orgueilleux mais sans conséquence, parcelle insignifiante.

– Ne réfléchissez pas trop, laissez-vous porter par les flots, ne résistez pas, laissez-vous emporter, l'encouragea-t-il.

– Faire confiance, mais à qui ? demanda-t-elle d'une toute petite voix.

– À soi. À qui d'autre, Alice ? Faites-vous confiance !

– Je suis à bout. Je suis défaite. Je n'ai plus le cœur à rire. Je ne comprends même pas comment j'ai pu trouver la force de faire des jeux de mots.

– Votre légèreté est douleur, Alice, elle vous protège, ne la laissez pas s'échapper.

– Oh oui, reconnut-elle en poussant un profond soupir. L'humour naît du désespoir. Lorsque toutes les portes se referment, l'une après l'autre, l'inexorable seul est au rendez-vous. Le trait d'esprit est la dernière limite avant le gouffre. C'est comme s'asseoir sur le rebord du monde, une jambe déjà dans le vide.

– Accepter ce qui vient, ce qui est là, sans jugement. Soyez vous, simplement. Ne vous blessez pas inutilement. Il faut vouloir ce qu'on a…, commença le Blanc Lapin.

– Et ne pas vouloir ce qu'on n'a pas, acheva Alice, qui dénoua son turban, laissant son crâne découvert.

– Vous êtes belle, Alice, belle au-delà des apparences. Le savez-vous ?

– … Le besoin de consolation est sans fin, reprit-elle sur le même ton sourd, alors peut-être vaut-il mieux être inconsolable, tout balayer, ne plus rien attendre, devenir absolument inconsolable. J'aimerais à tout jamais être entrée dans la fiction pour échapper aux passions, aux tourments, à la déception, aux illusions, au désamour. N'avoir pas d'autre existence que celle d'une créature de papier, inventer sa vie… Oser être soi.

– Fragile et puissante d'avoir accepté sa fragilité, renchérit le Blanc Lapin.

– Si rien ne m'est dû, alors tout sera cadeau, poursuivit Alice.

– Vous vous approchez du parfum du parfum, approuva son compagnon.

– Au Pays des Miroirs, là où toutes les chambres sont des chambres imaginaires, peut-être n'y a-t-il plus de mensonges, avança Alice, qui se demandait si elle ne prenait pas à nouveau ses désirs pour des réalités.

– Quand on fait semblant pour de vrai, comme disent les enfants, il ne devrait plus y avoir de leurre, plus de trahison, acquiesça-t-il gravement.

– Vous ne m'abandonnerez pas, n'est-ce pas ? demanda soudain Alice, prise d'angoisse.

– Vous ai-je jamais abandonnée ? répondit le Blanc Lapin, qui après un instant de silence affirma calmement : Moi, c'est à la vie, à la mort.

– Moi aussi, c'est à la vie, à la mort, murmura la dame sans turban.

– On ne sait seulement pas qui part en premier, fit-il en se levant pour prendre congé. Ne bougez pas, je vais éteindre la lumière, laissez-vous bercer par la musique, fermez les yeux.

… *L'amour mène au désamour, ne nous y trompons pas,*
Hélas, mon ami d'amour, je crains que nous n'y
échappions pas.

XIII

Alors qu'elle ne le cherchait nullement, ayant abandonné l'idée même de chercher quoi que ce soit, où que ce soit, son stylographe réapparut.

Ah, te voilà, toi, fit Alice, instantanément réconciliée avec lui, ayant oublié toutes les raisons et les déraisons pour lesquelles elle en voulait à ce vieux complice. Elle s'était habillée de mauve ce jour-là, et, comme elle plongeait la main dans sa poche, ses doigts rencontrèrent un mince fuseau de métal. Tu étais donc là, caché dans les plis d'une tunique au fond de mon armoire, exactement là où je t'avais enfoui le jour où je portais ce vêtement la dernière fois ? Je reconnais mon geste, je te tenais entre les doigts et par crainte de te perdre (ou par désir de le faire) je t'ai mis à l'abri, te soustrayant à ma vue et à ma mémoire. Allons-nous reprendre notre pas de deux ? Mais attention, pas trop vite, souviens-toi, je ne peux pas courir, je m'essouffle tout de suite. Le tempo, c'est moi qui le donne, d'accord ? Et si nous faisions un détour pour commencer ? J'aime assez lire quelque chose avant de prendre la plume, feuilleter un livre pour me donner de l'élan. Qu'en dis-tu ? Regarde, un choix de lettres de Nietzsche, celle-ci par exemple, du 12 décembre 1870, me convient parfaitement. Lis avec moi :

> Je suis préparé au pire, confiant néanmoins que de l'excès de souffrance et de peur naîtra ici et là la fleur nocturne du savoir. Notre combat est encore devant nous – c'est pourquoi il est indispensable que nous vivions !

Il est indispensable que nous vivions…

Dis-moi, cher stylo de mon enfance, comment préfères-tu que je te nomme : es-tu *un* stylo ou *une* plume ? L'écriture est-elle féminine ou masculine, l'une et l'autre ?

Tiens, comme c'est étrange, comme c'est bizarre, quelle coïncidence… il me revient un souvenir… ma première nounou s'appelait Plume.

Tiens, comme c'est bizarre, comme c'est étrange, je me souviens d'une autre plume. L'histoire se passait à New York, Martin, le héros, trouvait par hasard une plume d'albatros, blanche avec en son centre un triangle noir. Un vieux Chinois lui expliquait qu'il avait beaucoup de chance, mais qu'il lui fallait chercher une autre plume, noire avec un cercle blanc. En frottant les deux plumes l'une contre l'autre, il disposerait alors durant vingt-quatre heures de tous les pouvoirs, celui de devenir immense ou minuscule, ou même invisible, à sa guise. Pour obtenir le second talisman, il devait retourner à Central Park à l'heure de midi, s'approcher de l'obélisque au milieu des grands arbres, sans jamais poser le pied sur aucune ombre, en cela résidait l'épreuve. M. Wou-Chiang lui confiait le secret de la vie des ombres.

– Peut-être que les ombres sont très sensibles le matin, disait-il, elles savent qu'elles n'ont pas longtemps à vivre. Elles vivent comme des éphémères, de l'aurore au crépuscule. Les ombres des choses ont une vie mystérieuse qui leur est propre. Regarde, par exemple, l'ombre d'une bouteille de lait. À midi, elle repose et dort blottie contre la bouteille comme un enfant contre sa mère. Mais, l'après-midi, elle grimpe les marches du perron devant la maison pour s'étirer et jouer avec les autres ombres.

– Et mon ombre à moi ? A-t-elle aussi sa propre vie ? demandait Martin.

– Oui et non, répondait Wou-Chiang. Ton ombre est une sœur jumelle et noire qui t'appartient. Si tu bouges, elle bouge avec toi. Si tu es malade et couché, ton ombre est près de toi sous les draps. Si tu es debout sans bouger, ton ombre est debout sans bouger. Mais si tu tombes, elle tombe avec toi. Elle court et saute avec toi partout où tu vas. Elle fait exactement ce que tu fais. Je n'ai vu qu'une seule fois une ombre se révolter contre son maître, chercher à l'étrangler. Parfois les ombres des arbres forment une sorte de labyrinthe, alors il te faudra trouver ton chemin parmi les ombres, vois-tu…

Mais la plume d'Alice en avait assez entendu, elle aimait surtout les histoires qu'elle pouvait tracer elle-même sur le papier. Elle tira sa complice par la manche pour l'emmener vers l'écritoire.

Les mots ne vinrent pas, rien ne s'écoulait. La page restait obscurément blanche. Le stylographe crachotait de minuscules coulées d'encre, ce n'étaient pas des mots, pas même l'ombre de mots, seulement des taches noires comme de petites ailes impuissantes à voler.

Sans désir ni volonté, Alice se laissait faire. La Plume ne l'emmenait nulle part. Devenue pinceau, elle barbouillait la feuille de lignes et de courbes en un réseau de plus en plus serré, de plus en plus sombre, qui se refermait sur elle comme un piège.

Des larmes emplirent ses yeux, longèrent ses joues, vinrent s'écraser sur le papier, aquarelle sibylline dérivant lentement, comme une nacelle dans la brume. Elle regarda l'eau de ses pleurs diluer l'encre : ses larmes étaient devenues noires.

Tout son être débordait. C'était une outrance sans nom ni forme, un tourbillon sans délivrance.

Alice prit une nouvelle feuille de papier, chercha le mince filet de mots qui pourrait transformer son impuissance, ou du moins l'enserrer. Elle griffonna :

Avec une manière de légèreté, de détachement, et l'élégance de n'y accorder aucune importance, la

Dame au Turban pressait de ses doigts curieusement écartés la trace bleutée qui marquait son décolleté. Mais soudain un pan de sa coiffe se dénoua, le bijou vacilla au bord du front. Ses grands yeux s'assombrirent, son visage ne scintillait que faiblement. Elle ne possédait plus assez de force pour feindre. Tout son être trahissait un étrange enchevêtrement de délicatesse et d'indécence, l'indécence involontaire des désordres du corps…

Alice n'eut pas la force de poursuivre.

Le Labyrinthe
des Agitations Vaines

I

– Vous êtes ma prisonnière, proclama la Tour, qui sauta par-dessus le Roi Rouge et renversa le pion d'Alice.

– Que va-t-il encore m'arriver ? s'inquiéta celle-ci, voyant le donjon se pencher, l'air menaçant, un plateau à la main.

– Goûtez-les, fit la Tour, ce sont des sandwichs à la crème de concombre et de foie de lotte, une rare délicatesse, je les ai préparés moi-même, allez-y, mangez-en ! ordonna-t-elle sans attendre que sa prisonnière se remette d'aplomb.

Alice hésita, le docteur H. lui avait formellement interdit de manger du poisson cru. La Tour Rouge s'impatienta et, profitant d'un instant d'inattention, lui glissa la préparation entre les lèvres. Sans lui laisser le temps de l'avaler, elle lui fourra d'autorité un deuxième sandwich dans la bouche. Comme la dame aux turbans, de plus en plus pâle, reculait pour prendre la fuite, la Tour saisit un lance-pierres et canarda la pauvre Alice qui tomba à la renverse, le visage souillé, les jambes paralysées.

– Arrêtez, je vous en supplie, lâcha-t-elle dans un souffle avant de se mettre à tousser, cracher, puis vomir sous les yeux de la Tour, rouge de colère et de rage, qui continuait à la bombarder de sandwichs, sans plus veiller à la place qu'elle occupait sur l'échiquier.

Le Fou du Roi Blanc qui passait en diagonale l'atteignit de plein fouet et l'emporta avec lui.

Alice, abandonnée à son sort, gisait sur le sol plus morte que vive.

Quelques heures plus tard, la fièvre la gagna ; elle sombra dans l'inconscience. Lorsqu'elle ouvrit les yeux, elle crut s'être simplement endormie, mais sur le visage du Troll elle lut l'affolement.

II

– Tendez le bras ! la jambe ! Respirez ! Ne respirez plus ! ordonnait le Contrôleur, qui tirait Alice à hue et à dia.

Il l'observa sous tous les angles au microscope, à la longue-vue, à la lorgnette de théâtre, puis au macroscope, en vain. Comme il ne décelait rien, il s'impatienta, se mit en colère, appela un collègue, qui refit les mêmes opérations, sans plus de succès.

– Il faut débuter par l'Est, lâcha péremptoirement le nouveau Contrôleur, secouant le bras d'Alice à lui démettre l'épaule.

– Laissez-moi, protesta-t-elle si faiblement que personne ne remarqua qu'elle avait entrouvert les lèvres. Lâchez-moi, répéta-t-elle aussi fort que possible.

– Mais c'est strictement interdit, et même insultant, lui assena le troisième Contrôleur. Vous êtes entrée dans le LAV, le Labyrinthe des Agitations Vaines, vous ne pouvez plus en sortir avant d'en avoir parcouru toutes les circonvolutions. Lisez le règlement ! Ici, vous ne vous appartenez pas, vous êtes un objet de manipulations pour le progrès de la Science, notre Reine Rouge bien-aimée. Vous êtes sous mon contrôle, faites ce que je vous dis. Tendez le bras !

– Mais je n'en peux plus, fit Alice, la colère lui redonnant à présent un peu de force, je suis venue en urgence alors que le temps ici n'a plus d'existence. Je me sens si mal et on me fait plus mal encore…

– Ne cherchez pas à contrôler, c'est moi le Contrôleur, déclara le quatrième Contrôleur, qui tentait tout aussi vainement que ses prédécesseurs de mettre en évidence une jonction Nord-Nord-Ouest. Vos veines sont introuvables. C'est inadmissible.

– Mais je fais de mon mieux…

– Vous êtes impardonnable.

– … Je n'y puis rien. Personne ne peut donc m'aider ? s'émut Alice, qui s'efforçait de maintenir ses jambes en l'air alors que le haut de son dos ne reposait que sur une table d'examen à moitié ouverte. Je veux m'en aller.

– Trop tard ! On va vous parquer au parking du quatrième étage, il reste un emplacement. Et surtout pas d'impatience. L'impatience est strictement interdite dans notre noble dédale.

– Ne suis-je donc la malade, ou du moins la maladie, de personne ? murmura Alice en état de choc, espérant voir la Reine Rouge débouler.

– Silence ! Mettez-vous en ordre de marche, on va venir vous chercher. Exécution ! Une, deux, aboya sans réplique un cinquième Contrôleur, aussi inefficace que les précédents.

Alice renoua son turban défait, rassembla son amère dignité et passa la porte la tête aussi haute qu'elle en eut la force.

Deux ânes la menèrent en brouette jusqu'au lieu où elle devait attendre le sort qui lui serait réservé. Elle s'allongea sur le lit qu'on lui désigna, au moins était-il entier, quoiqu'un peu trop court pour sa taille.

– J'ai une toute petite faim, articula-t-elle faiblement en espérant être entendue – il n'en fut rien.

Elle gisait dans la chambre inconnue. Dans une demi-conscience, elle vit le Troll, toujours aussi affolé, déposer ses menus effets sur la table de chevet.

– Adieu, dit-elle, la couverture remontée sur le bord de la joue. Ça ira, ajouta-t-elle, sans savoir à qui elle adressait ces mots dérisoires.

Elle se recroquevilla sur elle-même.

Elle demeura longtemps sans bouger, les yeux dans le vide. Quand un sixième Contrôleur au teint jaune exigea d'elle qu'elle donne à nouveau son bras pour y tenter une prise par le Sud-Sud-Est, elle lui répondit froidement :

– Allez-vous-en !

Devant sa détermination, il battit en retraite.

La nuit venait de tomber.

III

Selon son habitude, le Blanc Lapin surgit de nulle part à l'heure la moins prévisible.

– J'apporte du ravitaillement ! lança-t-il d'une voix joyeuse à la pauvre Alice, qui n'en croyait pas ses yeux.

Avec un singulier geste de la main, il disparut aussi mystérieusement qu'il était venu, laissant la dame sans turban découvrir les trésors d'un petit déjeuner non réglementaire, ainsi que le fit aigrement remarquer la doctoresse Loukoum qui n'avait qu'un seul mot à la bouche : « Je reviens », mais ne revenait jamais.

Alice s'empressa de dissimuler ces douceurs : croissant farci aux amandes, gayettes de chocolat, flûte aux raisins, yaourt à la rhubarbe. Rien de tout cela n'étant au menu des pensionnaires du Labyrinthe des Agitations Vaines, chacun considéra la nouvelle venue avec la plus vive réprobation.

Comment avait-elle osé la veille refuser le contrôle d'un Contrôleur ? Sa seule présence dérangeait l'ordre habituel de tous les dysfonctionnements. Pourquoi était-elle là ? Personne n'y prêtait attention puisqu'elle n'avait aucun fil, aucun tube, aucune étiquette : elle n'était ni une malade, ni une maladie.

Et quoiqu'elle occupât indûment un emplacement, on lui appliqua le protocole minimal : elle fut à toute heure éveillée quand elle dormait, endormie quand elle se réveillait, envoyée dans des couloirs déserts, puis ramenée sans explication. Elle reçut du poisson à l'ammoniaque et de l'ammoniaque sans poisson. On la gardait sans la regarder. On ne lui accordait pas même l'intérêt qu'aurait suscité un paquet oublié sans adresse d'expéditeur ou de destinataire sur l'étagère d'une consigne de gare.

Ne suis-je donc la patiente de personne ? Ne suis-je donc personne ?

IV

Après, il n'y eut plus d'après : seulement le corps qui se défait, les feux de la fièvre, l'incendie des viscères, les nuits sans jour et les jours sans nuit, le passage des Contrôleurs sans contrôle ni visage.

Elle n'avait qu'un seul souhait : devenir insensible, à la souffrance, à la maltraitance, à la trahison. Cesser même de désirer, se mettre hors circuit.

Plus rien n'a d'importance, songeait Alice avec un étrange détachement.

Il n'y avait absolument rien à attendre, rien à espérer, aucun souci à se faire. Tout allait mal. Parfaitement mal.

Elle ouvrit son pare-douleur, imita le Chat du Cheshire rencontré jadis au Pays des Merveilles. Alice devint un sourire flottant au-dessus de rien, un sourire sans Alice.

Se pouvait-il qu'il y eût un miroir *derrière* le miroir ? Peut-être même une cascade de miroirs dont les reflets se reflétaient à l'infini ?

Alice s'y rencontra.

Par-delà le bien et le mal vibrait quelque chose d'infime, qu'elle savait désormais et pour toujours sans concession.

Une part d'indestructible.

V

Elle se lovait dans la musique. Pour s'y dissoudre, annuler le temps et la douleur, s'éclipser.

Et c'est ainsi,
C'est comme tu l'avais dit,
La vie va comme elle va,
La plupart du temps,
C'est ainsi, ni gloire ni amour,
C'est comme tu l'avais dit,
Je ne peux détacher mes yeux de toi,
Je ne peux détacher mes pensées de toi.

Peut-être s'endormit-elle au milieu de la chanson de Rice. Tout se brouilla, s'embrouilla. Elle avait huit, neuf ans, elle courait, pour le rejoindre, pour l'étreindre, mais il n'ouvrit pas les bras. Il souriait. Il lui souriait, elle n'était pour lui qu'une enfant, avec qui l'on joue, avec qui l'on rit, avec qui l'on danse, mais que l'on s'interdit d'aimer. Il riait, la taquinait, la poursuivait d'une pièce à l'autre d'un palais d'Espagne.

Elle eût voulu se blottir contre lui, connaître sa chaleur, son parfum, le sentir tout près d'elle, mais cela ne fut pas. Il l'allumait, puis se dérobait. Ils jouaient au chat et à la souris. C'était comme ça. Peut-être fallait-il attendre, peut-être cela ne suffirait-il pas. Ce n'était pas qu'elle était trop jeune, s'il n'ouvrait pas les bras, c'est qu'elle ne lui plaisait pas, qu'elle ne lui plairait pas. Jamais. Elle poursuivit le jeu, mais il l'avait blessée.

C'était sa première blessure d'amour.

Elle s'éveilla dans une grande colère.

VI

L'isolement de l'infection sévère.

Les Contrôleurs la mirent en quarantaine. Personne n'était autorisé à l'approcher sans porter tablier, gants et masque de protection. On hésitait à pénétrer dans sa chambre. Elle connut la solitude, son poids et son prix.

Une toux violente se déclenchait dès qu'elle faisait le moindre mouvement, le plus petit effort, alors elle se tenait fiévreuse, anéantie, immobile.

Sans voix, elle devait tracer lettre à lettre ses SOS : «Je suis gelée, peut-on éteindre l'humidificateur ? », « Voulez-vous approcher la chaise percée et fermer le rideau ? », et quelques jours plus tard : «Je n'ai plus la force de me lever, pourriez-vous me laver ? Merci. »

Nul ne se préoccupait de son sort, ne se sentait responsable de ses égarements dans le Labyrinthe des Agitations Vaines.

Le Grand Chimiste était absent. La Reine Rouge avait déserté les lieux. La doctoresse Loukoum ne l'informait ni de son état ni de son traitement, mais répétait avec constance « Je reviens », et avec la même constance ne revenait pas. Les Contrôleurs la contrôlaient à contretemps, ou oubliaient de la contrôler.

Tout était absurde.

VII

Il y eut aussi quelques lueurs, quelques douceurs, des gestes de réconfort. Un renardeau lui porta un peu de bouillon à la bouche alors qu'elle n'avait plus la force de tenir une cuillère. La Fée Praline déposa dans sa paume une petite poupée de cire. Le Troll apporta des pages de Proust et une histoire de chambres. Cherubino Balbozar étendait discrètement sa poussière d'ange. Le Blanc Lapin prenait en courant de ses mauvaises nouvelles et s'en désolait. Le Ver à Soie lui composa un petit jardin de fruits et de fleurs de passiflore, de feuilles de liquidambar.

Un matin, à l'aube, Alice s'éveilla enveloppée d'une lumière presque irréelle. Le froid soleil d'automne colorait le ciel d'une longue gaze d'or, ses yeux tombèrent sur le jardin miniature auprès duquel s'enroulaient, comme par erreur, les courbes abandonnées d'un stéthoscope. Portée par cet élan, elle osa quitter son lit, avec l'Attrape-Lumière, s'approcha du rebord de la fenêtre, cueillit humblement cette vanité improvisée : délicat et miraculeux présent de la vie.

Alice venait de renouer avec la joie.

VIII

Comme c'est réconfortant de te retrouver, Dinah, d'être ici, près de toi, à l'abri. Je reviens de loin… de très loin, ajouta Alice après un long silence.

T'es-tu déjà perdue, égarée jusqu'à l'épuisement ? Dis-moi, Dinah, connais-tu le sentiment de l'impuissance ? l'impression de ne rien maîtriser ? que tout échappe ? que plus rien n'est possible ? Imagine que tu veuilles courir derrière une mouche, une souris, un autre chat, et voilà que tes pattes ne te portent plus, que tes muscles n'ont plus de ressort, que ton odorat te fait défaut… As-tu déjà éprouvé cela, en as-tu fait l'expérience ?

Comprends-tu que cette épreuve, je la vis jour après jour ? C'est comme un impossible voyage. Un pied posé par terre, et tout s'écroule. Ferme les yeux, peux-tu le voir… ce joli sentier… qui longe le bord du lac au milieu des bois ? C'est le matin, très tôt, il fait encore sombre et frais. Les marronniers, les hêtres, les peupliers émergent lentement de la brume. On entend au loin la compagnie des canards, les cygnes dérivent à fleur d'eau. Tu te fais une fête de cette promenade, mais avant même de l'amorcer se dresse le panneau : « Stop. Interdiction de franchir cette limite. »

Voilà l'état dans lequel plonge la maladie : le terminus est tout de suite atteint. Avant même le début du voyage.

Comme dans un cauchemar, on entend hurler : « Dernier arrêt, tout le monde descend ! » C'est une mascarade. Il n'y a pas de ticket, pas de compartiment, pas de quai. Et le poinçonneur qui refuse de me laisser embarquer, c'est mon propre corps.

Notre impuissance, nous nous chamaillons avec elle, nous n'acceptons pas de lui laisser quartier libre et pourtant… crois-moi, Dinah, l'impuissance peut nous métamorphoser, faire de nous des magiciens. Il faudrait recommander à chacun d'affronter l'adversité, la désorientation.

Dès que j'ai traversé le miroir, dès que je suis tombée de l'autre côté, j'ai su qu'il valait mieux s'attendre à ce que les choses de la vie ne soient pas ce que nous voulons qu'elles soient. Parfois, bien sûr, je l'ai oublié, assez souvent même, je dois le reconnaître.

Dans le Labyrinthe des Agitations Vaines, continua-t-elle en parlant d'elle-même à la troisième personne, Alice a fait la connaissance d'Alice. À bout de forces, à bout de souffle, elle a expérimenté la quintessence de soi.

Pour rien au monde… pour personne, je n'abdiquerais cela, murmurait-elle sourdement.

Puis d'une voix limpide elle affirma :

À mon impuissance, oui, je dis merci.

Chimio 5

I

Sa couronne à la main, le Roi Rouge se tenait devant Alice.

– Voulez-vous jouer avec moi ? Je m'ennuie. Personne ne m'aime.

– Quel dommage ! répondit-elle. J'en suis désolée. Mais il n'est pas nécessaire d'être aimé pour jouer.

– Je n'en sais trop rien, je n'ai jamais été amoureux. Et vous ? s'enquit-il.

– Amoureux, non, mais amoureuse, oui, fit Alice. À quoi voulez-vous jouer ?

– Je n'en sais trop rien, fit le Roi Rouge en faisant tourner sa couronne autour de son poignet.

– Vous vous répétez, se permit la dame au turban lilas.

– Oui, c'est ce que je fais de mieux, lâcha le Roi en la toisant.

– C'est assez lassant comme conversation, remarqua-t-elle en espérant y mettre fin d'une manière ou d'une autre.

– On pourrait jouer à « ni oui ni non ». Vous

connaissez ? renchérit le souverain avec un mélange d'insolence et de défi dans la voix.

– Non, répondit sobrement Alice.

– Vous avez perdu ! Vous ne pouviez pas prononcer ce mot, s'écria triomphalement le Roi, les joues empourprées.

– Mais on n'avait pas annoncé le début de la partie, c'est injuste, s'emporta Alice que rien ne blessait davantage que l'injustice.

– La justice, c'est moi qui la rends, répliqua le Roi. Je suis le Roi.

– Dans ce cas, je préfère m'abstenir de jouer avec vous, lança Alice, dépitée, jetant autour d'elle des coups d'œil à la recherche d'une issue.

– Vous voyez, j'avais raison, personne ne m'aime, personne ne veut jouer avec moi, c'est exactement ce que je vous disais, se plaignit-il à nouveau.

– Vous avez toujours raison, êtes-vous content ? Vous venez de démontrer ce que vous vouliez prouver. CQFD, disait ma prof de maths.

– Était-elle jolie ? interrogea-t-il, sautant du coq à l'âne.

– Quelle importance ? s'étonna Alice.

– Je pourrais peut-être jouer avec elle et elle pourrait tomber amoureuse de moi.

– Pourquoi pas ? Mais je ne sais pas où elle habite dans ce pays où tout est à l'envers.

– Ce n'est pas grave, je pourrais la rencontrer par hasard, j'aime le hasard.

– Mais vous aime-t-il, lui, le hasard ? rétorqua Alice avec ironie.

– Quelle question ! Je n'ai jamais osé le lui demander, je déteste apprendre que quelqu'un ou quelque chose ne m'aime pas.

– Mais ça arrive tout le temps, s'emporta-t-elle. Quand je mets une montre au poignet, je ne lui demande pas si elle tient à moi comme je tiens à elle. Supposez un instant qu'elle refuse de me donner l'heure parce que je ne lui plais pas ! Ou ma plume… Savez-vous ce qui m'est arrivé avec mon stylographe ?

– Votre conversation s'égare, elle a changé de tour de manière incongrue. Je voulais jouer avec vous ou que vous tombiez amoureuse de moi, protesta le Roi Rouge qui n'abandonnait pas sa première proposition.

– Mais je ne vous autorise pas ! Je vais très mal, très très mal, mais pas au point de tomber amoureuse d'un vieux Roi Rouge. Mes inclinations m'appartiennent, cria Alice, très en colère.

– Inclinez, inclinez-vous. Je suis votre souverain, poursuivit-il.

– Adieu, Majesté, permettez que je me retire, dit Alice en le saluant à reculons.

– Mais je ne vous permets pas, restez avec moi, je vous l'ordonne ! hurla le Roi hors de lui.

– Je ne suis qu'un pion, je vous l'accorde, mais je ne saurais tarder à devenir une reine à mon tour. Adieu, donc, déclara-t-elle en s'échappant.

Sur ces mots, Alice, le foulard en bataille, se tourna et se retourna dans son lit, cherchant à se rendormir pour passer à quelque songe moins déplaisant.

– Quel toupet, ce Roi Rouge ! s'irrita-t-elle. Non mais, qu'est-ce qu'il s'imagine ?

II

– Soyez le bienvenu, dit la dame au turban azur en accueillant le visiteur imprévisible. Mais vous n'êtes pas comme d'habitude. Vos rayures sont des carreaux, un vrai damier, on pourrait y jouer aux dames ! Par pitié, pas aux échecs, je passe mon tour !

– Bonjour, chère Ce-li-a. C'est exact, je ne suis plus un ver à soie mais un soi à l'envers ! Je n'ai pas plus envie que vous d'échecs ou de contrariétés. Je ne tiens pas sur mes pattes aujourd'hui, elles sont toutes emmêlées, je les compte et les recompte, il me semble qu'il en manque toujours une à l'appel… Mais je suppose qu'elles sont toutes là… Il suffit sans doute que je ne m'en préoccupe pas et tout reviendra dans l'ordre, ou dans le désordre. Le désordre, c'est souvent ce qu'il y a de mieux.

– Vous avez raison, l'envers est plus rassurant que l'endroit ; et le désordre que l'ordre. Le mal est fait, ça ne peut pas être pire, il n'y a plus de raisons de s'inquiéter. Vive l'impuissance et le désespoir ! Au moins c'est clair. Dans cet étrange pays où rien ne se passe comme on le prévoit, il vaut mieux se mettre au diapason si l'on veut éviter les pièges et les déconvenues, les embarras et les débarras… et les rabat-joie !

– Que vous est-il donc encore arrivé ? Vous méritez de souffler après les affres du Labyrinthe des Agitations Veines, avec un *e* ! C'est presque un miracle de vous voir de retour.

– Oui, les miracles, il faut les faire advenir, les provoquer. Je me suis débattue comme une diablesse pour obtenir ma sortie.

– Vous êtes formidable.

Les Contrôleurs voulaient encore m'examiner par la jonction Nord-Nord-Ouest, me passer aux rayons Y et me désoxygéner. Vous n'imaginez pas tout ce qu'ils inventent pour vous tourmenter jusqu'à la dernière minute. Mais ce n'est pas de cela qu'il s'agit. Je me suis retrouvée prisonnière cette nuit d'un songe du Roi Rouge. Il se piquait de vouloir se faire aimer de moi. Imaginez un peu… Je ne suis pas sortie d'une prison pour me laisser enfermer dans une autre. Je l'ai fait taire et me suis enfuie. J'aime qui je veux ! s'écria-t-elle avec fougue.

– Bien sûr, approuva le Ver à Soie en hochant la tête, l'amour ne peut s'imposer. Cupidon, les yeux bandés, décoche ses flèches à l'improviste, à sa guise.

– L'amour est ruses et mystères. L'amour est jeux et surprises, poursuivit Alice, renouant son foulard.

– Avancer d'un pas, reculer de trois… Se voiler pour mieux se dévoiler… Mais l'amour, on s'y brûle les ailes parfois…

Le visiteur n'acheva pas sa pensée.

– L'amour parle volontiers d'amour, reprit Alice, les yeux rêveurs. Il est un plaisir si délicat à prolonger ce laps de temps entre le désir d'être aimé et la certitude de l'être…

– L'aveu est périlleux, l'amour un risque, un vertige, ajouta le Ver à Soie, l'air absent.

– Oui, en une seconde tout bascule, admit-elle. Un instant plus tôt rien n'était arrivé, un instant plus tard tout est bouleversé. L'amour, c'est un pari… un art difficile…

– Rien n'est plus fort que l'amitié, fit-il en la regardant droit dans les yeux. Rien n'est plus beau.

– Oui… c'est vrai…, répondit la dame au foulard bleu, soutenant son regard. L'amitié est la plus rare et la plus précieuse des rencontres… surtout si elle peut, mieux que l'amour, durer toujours… Je voudrais lui trouver un autre nom… L'amour d'amitié, l'amitié d'amour… je ne sais pas…

Le Ver à Soie se retira en chantonnant :

Un petit poisson, un petit oiseau
S'aimaient d'amour tendre,
Mais comment s'y prendre
Quand on est dans l'eau ?

Un petit poisson, un petit oiseau
S'aimaient d'amour tendre,
Mais comment s'y prendre
Quand on est là-haut ?

III

À la veille du cinquième rendez-vous chez le Grand Chimiste, un mélange de douleurs et d'effervescences accablait la pauvre Alice.

– Il faut qu'il comprenne dans quel petit état je suis depuis qu'il m'a abandonnée sans contrôle aux mains des Contrôleurs, déclara-t-elle, très en colère.

– Habillez-vous de noir, lui recommanda le Troll sans sourire. Pas de rouge à lèvres, pas de plaisant chapeau. Surtout ne pas faire contre mauvaise fortune bonne figure. Montrez-vous telle que vous êtes, ne dissimulez rien. D'ailleurs vous ne tenez pas debout, vous seriez bien incapable de marcher seule, je vais vous y conduire en chaise roulante. Ainsi le Chimiste ne pourra ignorer qu'il doit diminuer la dose de ses fioles et de ses cornues. Il vous a suffisamment éprouvée. Ne craignez rien, on veille sur vous.

IV

Dès son retour du Laboratoire, Alice se remit au lit, rompue. Elle y reçut la visite du docteur H., qui, outre l'ordonnance d'une nouvelle page proustienne, lui fit une piqûre pour alléger la cinquième épreuve.

Le Troll concocta du boudin noir au confit d'oignons qu'elle mangea dans un si petit bol qu'on aurait pu croire qu'elle était une poupée qui faisait la dînette. La Fée Praline, se désolant de la voir manger si peu, l'encouragea à grignoter des amandes et des raisins secs qu'elle lui tendait comme des miettes à un moineau.

En compagnie du Blanc Lapin, elle picora un cube de gingembre confit.

Si je pouvais souffler un peu, suspendre toutes les perceptions, recevoir ma part de sommeil et d'oubli, soupira Alice, faisant un geste de la main à ses amis pour les supplier de la laisser seule.

Elle s'abandonna alors à son habituel recours, le refuge des sons, s'y laissa bercer jusqu'à ce que quelque chose cède, qu'elle puisse enfin accueillir le silence de soi.

V

Au creux de la nuit, elle entendit l'appel furtif de sa plume qui s'amusait à faire des pâtés et des ratures sur une page pour attirer son attention par une petite musique légère et entêtante.

Tu as raison de te rappeler à moi, douce Plume, je ne t'avais pas oubliée, tu étais engloutie au cœur de ma fatigue, en un lieu protégé, comme si je t'avais gardée braise jusqu'à ce que tu puisses redevenir flamme. L'heure est-elle venue ? Ne vois-tu pas combien je suis exténuée ? Ta présence me réconforte, mais qu'écrire ? Les mots me manquent, ils se sont absentés.

Quand, dépossédée de tout, je me sens hors du monde, anéantie, terrassée, brisée, broyée – je ne sais quel est le verbe qui décrit le mieux ce que j'éprouve –, alors je n'aspire ni à la parole ni à l'écriture, mais seulement à la composition d'images.

Écrire exige une telle disponibilité, une telle patience… L'image, elle, est un éblouissement qui offre son pouvoir au premier instant. L'image bondit, éveille notre imagination en une lueur. Elle réserve d'autres joies, plus sourdes, plus implicites. L'œil hésite, questionne, cherche des correspondances, des oppositions, le regard se promène, médite, entre perplexité, surprise et fascination.

Sans vouloir t'offenser, ma très très chère Plume, écrire ne me vient pas. M'en voudras-tu ? Je cherche à éteindre le bouillonnement qui m'agite, fait de moi sa marionnette désarticulée. Je me sens à tout moment en danger de sombrer.

Dis-moi, Plume, possèdes-tu quelque remède à ces tourments ? Comment donner une forme à l'informe ? Comment se réapproprier le monde quand on s'en trouve éjectée ? Comment saisir ce qui échappe ou échapper à ce qui saisit, ou plutôt dessaisit ?

Comment puis-je métamorphoser tant de douleur en beauté ?

Toi, tu aimes faire des glissades sur le papier comme sur de la neige, couler telle une source qui se répand joyeusement, sans souci, sans douleur. Mais moi, je n'ai pas ta légèreté, ton insouciance, ta gaieté. Ce n'est pas que je refuse mon impuissance, mais, je te l'avoue, elle me paraît plus facile à tolérer en captant des images avec mon Attrape-Lumière qu'en te tournant cinquante fois dans l'encrier… Refuses-tu mes excuses ? Tu souhaites me voir tracer quelques jambages, des pleins et des déliés, comme on fait ses gammes ? Mais que fais-tu là ? Tu recherches la page que nous avions rédigée en dernier lieu… l'histoire d'un tableau qui s'animait sous les yeux d'un spectateur… D'accord, je la relis avec toi :

> *Le photographe se tenait immobile auprès de l'inconnue. La toile le regardait. Il ne pouvait en douter. Ce qu'il percevait, ce qu'il avait sous les yeux, c'était une parcelle de vie, une minuscule, tenace, inexplicable palpitation de vie.*

Mais non, ce ne sont pas là nos derniers mots, rappelle-toi, le récit continuait, le turban se dénouait, la perle vacillait, la Dame paraissait au bord de l'évanouissement. Écoute, voici la phrase :

> *Tout son être trahissait un étrange enchevêtrement de délicatesse et d'indécence, l'indécence involontaire des désordres du corps…*

T'en souviens-tu ? Un homme s'assoit auprès du portrait de la Fornarina de Raphaël. Quelque chose l'attire, l'intrigue. Il se demande si sous sa lumière ne se cache pas une énigme. Il perçoit en elle une blessure, une faille ; peut-être devine-t-il qu'elle souffre d'une humeur maligne. Il voudrait lui porter secours.

Essayons :

> *La douceur espiègle de son visage avait disparu. Sans un cillement, avec un sérieux intense et*

farouche, elle le fixait. Comme si elle voulait partager un secret, se remettre entre ses mains.

Comment poursuivre à présent ? Je n'en ai pas la moindre idée. Au début, l'histoire coulait de source, tu te le rappelles, n'est-ce pas ? Était-ce toi qui m'inspirais, ou peut-être la fièvre, je ne sais, il suffisait que je suive ta course et les mots jaillissaient, mais là je suis perdue. Rien ne vient. Je voudrais qu'ils se rencontrent, mais de quel côté du monde, je ne peux me décider. Va-t-il s'engouffrer dans la peinture, la rejoindre dans l'atelier d'Urbino, où elle demeurait à l'abri des panneaux de bois qui la soustrayaient à tout autre regard que celui de son amoureux, le prince des peintres, dont ce fut la dernière toile, inachevée ? Ou au contraire est-ce elle qui va traverser la toile, en descendre comme si le sortilège qui l'y tenait prisonnière était levé, lui permettant d'échapper à ce sourire immobile, à cette pose muette, suspendue depuis 1520 ?

J'aimerais que mes personnages échappent à leur fatalité par la magie d'une pirouette qui brouille les frontières entre réalité et fiction.

Connais-tu la nouvelle de Marguerite Yourcenar qui imagine comment le vieux peintre Wang-Fô et son disciple furent sauvés de la mort ordonnée par l'Empereur en s'embarquant sur le navire qu'il se mit à peindre sous les yeux de la Cour rassemblée ? « Le sillage s'effaça de la surface déserte, et le peintre Wang-Fô et son disciple Ling disparurent à jamais sur cette mer de jade bleu que Wang-Fô venait d'inventer. »

Mais l'heure n'est pas venue de conclure mon histoire, je le crains, soupira Alice que le découragement gagnait. Tant pis, j'abandonne la Dame au Turban et le Chevalier des Images à leur destin. Peut-être trouveront-ils eux-mêmes une issue dont j'ignore encore tout ?

VI

À pas de loup, Alice s'approcha de l'antre du Grincheux d'où provenaient de furieux bruits de vaisselle brisée.

– Que vous arrive-t-il, voisin ? Avez-vous de nouvelles raisons de mécontentement ? interrogea Alice, un tantinet mielleuse. Dinah, mon chat, n'a pu vous importuner avec le récit de mes hauts faits littéraires, je ne suis plus bonne à rien. Je cale. Cela devrait plutôt vous réjouir, vous aviez prévu la vanité de ma plume, n'est-ce pas ? Votre perroquet aurait-il néanmoins cessé de scander vos chers vers homériques, *La Guerre de Troie* les jours pairs, et les impairs *Les Aventures d'Ulysse* ?

– Au diable les vers grecs ! répliqua l'érudit, cherchant à balayer du pied les morceaux d'une assiette qui venait d'essuyer sa rage. Pourquoi suis-je obligé de mettre bout à bout des mots qui n'entendent pas raison ? de penser des pensées géométriques qui refusent de former des angles ? de représenter des représentations inadéquates qui m'éloignent de la connaissance de l'essence des choses de ce monde ?…

– « Si je n'étais plus obligé de dire péniblement ce que je ne sais pas… », récita Alice avec un accent d'ironie dans la voix.

– Qu'entends-je, voisine ? Vous déclamez le *Faust* de Goethe ? Ne m'épargnerez-vous aucun sarcasme ? N'avez-vous donc pas pitié d'un vieux fou fatigué qui s'apprête à se jeter par la fenêtre ?

– Et pourquoi nous priveriez-vous de votre noble et courtoise compagnie ? répliqua-t-elle en se prenant au jeu de la raillerie. Jusqu'à preuve du contraire, c'est moi qui suis au trente-sixième dessous, vous vous portez comme un charme…

– Ne voyez-vous pas que je ne suis qu'un chasseur d'évidences que personne ne voit, n'a vu ni ne verra ? se lamenta-t-il.

– Ah, vraiment…, commença-t-elle.

Mais il l'interrompit pour poursuivre son idée :

– Vous-même, vous vous obstinez à ne pas vouloir me lire, et, pire encore, vous avez la prétention, l'orgueil, que dis-je, l'outrecuidance, de tenir la plume à votre tour ! Supposez que tous les lecteurs se piquent de devenir des auteurs, qui me lira ? En vérité, personne ne me croit, mais je n'aurais jamais dû apprendre à lire ni à écrire. Je ne suis pas fait pour rester assis du matin au soir et du soir au matin à ma table de travail. J'aurais dû devenir trapéziste ou chanteur de music-hall…

– « J'me voyais déjà en haut de l'affiche, en dix fois plus gros que n'importe qui mon nom s'étalait... »

– Riez, riez..., commenta le savant qui se sentait très vexé car s'il pouvait tout se permettre quand il se décrivait lui-même, il ne tolérait aucune remarque d'autrui.

– En effet, il eût mieux valu pour le fragile sommeil de votre voisinage que vous vous absteniez de faire du tintamarre parce que les mots vous résistent particulièrement à la tombée de la nuit. Pourquoi vous obstinez-vous à travailler quand les autres cherchent à reprendre un peu de forces ? J'ai une idée pour vous. Rédigez *Le Grand Livre des insomnies*, c'est un très bon titre, ajouta Alice, assez satisfaite d'elle-même. Vous aurez sûrement beaucoup de succès, vos lecteurs insomniaques se sentiront compris..., ricana-t-elle nerveusement, mais écrivez-le de jour, par pitié !

– Ne me dictez pas ma conduite, je vous prie. J'écris ce que je peux et je peux trop peu, grogna le savant avec de grands soupirs démonstratifs, destinés à éveiller une grande culpabilité en sa compagnie.

– Mais entre deux bris d'assiette, vous aviez un projet en cours ?..., s'enquit Alice, la voix aigre-douce, ne sachant plus si elle souhaitait se montrer aimable ou caustique, la fatigue commençant à brouiller ses idées.

– Je vais commencer à commencer. Mais quoi qu'on fasse, on ne sait jamais ce que l'on fait. Quand on le sait, on ne le fait pas, affirma-t-il, péremptoire.

– Ah oui ? tenta Alice, soudain très éveillée et désireuse de confier ses propres tourments littéraires. Moi, justement, je suis en train d'essayer de raconter l'histoire d'un amour impossible et il m'est impossible de l'écrire, rajouta-t-elle, espérant retenir l'attention de son interlocuteur, mais ce dernier continuait à suivre le fil de ses idées sans en dévier d'un pouce, n'accordant aucun intérêt à la déclaration de sa voisine et collègue.

– C'est ce que je viens de vous expliquer. Il ne faut pas se représenter la chose en train de se faire sinon la représentation de la chose empêche sa réalisation.

L'érudit, pris au jeu de son propre discours, déroulait sa pensée en arabesques subtiles, fantasques, paradoxales, qu'il complexifiait à l'envi, d'une voix théâtrale, de plus en plus grave, pour emporter l'adhésion de son unique auditoire. Alice écoutait la mélodie de son discours sans toujours suivre le sens raffiné et complexe de ses paroles, tentant par moments de se répéter des expressions pour les fixer dans sa mémoire, y réfléchir plus tard, puis, tout à trac, elle décrocha.

Elle n'en pouvait absolument plus d'écouter quelqu'un d'autre qu'elle-même, c'était radicalement, abruptement impossible. Plus personne ne l'intéressait.

Peut-être me suis-je trop exercée à l'égoïsme et à la futilité, pensa-t-elle, mais j'ai une bonne excuse, se rassura-t-elle aussitôt, c'est la faute de la maladie. La maladie me tyrannise et… elle a fait de moi un tyran !

– Par pitié, taisez-vous, je n'en peux plus, vous parlez sans arrêt, vous m'épuisez ! s'écria la dame au turban violet, coupant son voisin au milieu de ses péroraisons. Donnez-moi le bras, ordonna-t-elle.

Sans lui laisser l'occasion de rien répliquer, elle empoigna le Grincheux, l'obligeant à la raccompagner jusqu'au seuil de sa porte, un doigt sur les lèvres pour lui intimer le silence. Elle le quitta sans autre cérémonie, lui tournant le dos dès qu'elle aperçut Dinah qui l'attendait en ronronnant au pied de son lit.

Ouf, enfin seule, applaudit-elle en son for intérieur, en s'allongeant. Sa Majesté Alice est rentrée dans ses appartements.

VII

Toute la nuit, elle crut entendre son voisin casser de la vaisselle. Quel métier difficile que celui d'écrire ! pensa-t-elle en imaginant le savant se débattre avec des morceaux de verbes, d'adverbes, de substantifs ou des débris de phrases. Les mots vous résistent, ils n'épousent pas les plis de vos pensées avec la souplesse d'un vêtement taillé sur mesure, songeait-elle en se demandant par quel biais elle pourrait trouver la suite de son histoire inachevée.

Elle essayait d'imaginer l'Italienne sortant un bras de la toile et posant la main sur l'épaule du photographe. La scène se répétait inlassablement dans sa tête comme un refrain qui ne vous quitte pas. La Dame formait un arc de cercle de son bras gracieux, sa main traversait la mince surface peinte, elle cessait d'être d'huile et de pigments, devenait chair et sang. Elle ne pouvait se séparer de cette image, fascinée comme par le mouvement d'un kaléidoscope.

Alice n'aspirait qu'au sommeil, mais celui-ci se dérobait, chassé par la puissance obsédante de son imagination. De guerre lasse, elle renonça à poursuivre cette illusion ; et, avec l'aide d'un élixir, finit par s'endormir au petit matin, épuisée d'épuisement.

VIII

Alice apprit à aimer les petites choses du quotidien, les objets humbles, utiles ou inutiles, auxquels elle n'avait jamais prêté beaucoup d'attention et qui pouvaient peut-être dire le temps de l'exil de l'autre côté du miroir.

Sur le chevet encombré, les cartes découvertes au pied du chêne se mêlaient aux bijoux, aux potions, aux écharpes ; enfouis sous une pile de journaux, se trouvaient d'autres jeux. Dans l'un des tiroirs du bonheur-du-jour Alice retrouva une boîte de tarots ; en tira les premières figures : la Lune, le Soleil, les Épées, la Roue de la Fortune.

L'envie lui vint de fêter le nombre cinq ; n'avait-elle pas déjà surmonté cinq obstacles : un plus un, plus un, plus un, plus un ? Alors elle distribua les cartes en éventail et sans plus réfléchir prit le cliché.

Un peu à l'écart, elle aperçut des sacs de papier blanc d'où jaillissaient, tel un puissant bouquet, des nœuds et des liens.

Le monde nous plonge dans ses ombres, ses

lumières et ses nuits. Le monde est beau, non pas malgré ses peines, mais avec elles. Il ne pourrait y avoir de joie s'il n'y avait de douleur, de tendresse s'il n'y avait de solitude. C'est ainsi. Et c'est bien ainsi.

IX

> Une heure n'est pas qu'une heure, c'est un vase rempli de parfums, de sons, de projets et de climats.

La phrase résonnait comme une promesse, une permission : le temps de la maladie n'était pas un temps perdu, seulement une mise entre parenthèses, loin du monde, proche de soi.

Lorsque le vacarme du corps s'éteignait ne fût-ce qu'un court moment, que la douleur ne faisait plus écran à toute autre perception, qu'il lui était alors donné de puiser dans la coupe des heures, Alice cherchait parfois refuge dans les livres.

Le manque de concentration empêchait les lectures prolongées, mais il ne lui était pas interdit de feuilleter un ouvrage, par le milieu ou par la fin, sans plan ni méthode, laissant courir ses yeux sur la page jusqu'à ce qu'un paragraphe l'arrête, retienne son attention, l'embarque vers une destination inconnue.

Voyageuse en chambre, elle se reconnaissait dans

les mots du héros alité de Huysmans qui « se procurait ainsi, en ne bougeant point, les sensations rapides, presque instantanées d'un voyage au long cours. Le mouvement lui paraissait d'ailleurs inutile et l'imagination lui semblait pouvoir aisément suppléer à la vulgaire réalité des faits ».

Épuisée, ne trouvant pas le repos, les vers de Paul Celan la berçaient :

Le temps retourne vers sa coquille
Dans le miroir c'est dimanche
Dans le rêve nous dormons

Alice aimait s'envelopper de mots comme d'une couverture qui la mettrait à l'abri de la souffrance.

Comment atteindre un petit morceau de sagesse, un peu de sérénité ? se demandait-elle, le cœur lourd au milieu des livres épars. Les philosophes ont-ils été des sages ? Et même s'ils l'ont été, le sont-ils restés ? s'interrogeait-elle en remarquant combien il lui était difficile de garder la même humeur plus de deux heures d'affilée. Il faudrait que je minute la durée d'une seule de mes émotions, pensa-t-elle, étonnée de n'avoir jamais tenté une si simple expérience.

Quand je suis en colère, combien de temps me faut-il pour cesser de l'être ? Quand je suis triste, de quelle manière ma tristesse s'éloigne-t-elle ? Est-ce que je ressasse mes états d'âme ou est-ce que je les laisse se défaire, se dissiper, comme les nuages qui s'étirent dans le ciel pour disparaître ou former de nouvelles figures ? Cela dépend, devait reconnaître Alice, à qui il arrivait de broyer du noir un dimanche entier. D'avoir le vague à l'âme, ou de se sentir submergée par les contrariétés, les susceptibilités, les désenchantements.

On dit se mettre en colère et ne pas décolérer, mais je n'ai jamais entendu qu'on se *détriste* après s'être attristé, remarqua-t-elle. D'ailleurs, les sentiments sont rarement homogènes, d'un seul parfum, ce sont des panachés, des macédoines, des millefeuilles : colère, tristesse et rage ou déception, amertume, dépit et rancœur, ou…

Ça suffit, Alice ! s'ordonna-t-elle à elle-même. Il n'est pas bon de mariner dans ces méchantes pensées. Reprends de la distance. Promène-toi au milieu des livres. Regarde ce qu'écrit Épicure. Que propose-t-il ?

> Une sage vision de la vie pousse à rechercher la santé du corps et la paix de l'âme. Tel est le but d'une vie bienheureuse : que toutes nos actions veillent à éviter la souffrance et le trouble.

Alice hocha la tête. Ce tandem lui convenait parfaitement : un corps en bonne santé avec une âme paisible. Mais comment gagner le gros lot ? Sautant d'un paragraphe à l'autre, ses yeux butinèrent de-ci, de-là : « modération », « joie tempérée », « vie prudente », « désirs artificiels ».

Faisons semblant, s'exhorta-t-elle, faisons semblant d'être un philosophe épicurien.

Comme si elle s'adressait à des disciples qu'elle voulait convaincre du bien-fondé de ses idées, avec un ample geste du bras elle se mit à déclamer à voix haute :

> Tout plaisir n'est pas digne d'être choisi : le plus grand des plaisirs est la suppression de toute douleur. En conséquence, on doit éviter certains plaisirs, et même accepter certaines douleurs…

Sur ces dernières syllabes, l'oratrice achoppa. Accepter certaines douleurs ne lui convenait qu'à moitié et, à vrai dire, ne lui plaisait absolument pas. Il lui semblait en avoir déjà eu plus que sa part. Elle aspirait à une sagesse qui allégerait ses souffrances plutôt que de lui en promettre davantage.

Le discours interrompu, elle laissa à nouveau glisser son regard sur la page jusqu'au moment où elle rencontra un éloge de l'amitié, mieux assorti à ses convictions :

> De tous les biens que la sagesse nous apporte en vue du bonheur de la vie tout entière, le plus grand, et de loin, est la possession de l'amitié.

Oui, songea-t-elle, que serais-je sans le Ver à Soie, la Fée Praline, le Blanc Lapin, le Troll, Dinah et même la Plume et le Grincheux ? Sans eux je ne pourrais faire front contre tous les méchants : la Reine Rouge et la Reine Blanche, la Tour qui m'a canardée de ses sandwichs empoisonnés, le stupide Roi Rouge qui veut m'enfermer dans ses rêves, les Contrôleurs et l'incompétente doctoresse Loukoum du Labyrinthe des Agitations Vaines. Si seulement Cherubino atterrissait bientôt…

X

– Bon lundi ? demanda Cherubino Balbozar qui venait de replier soigneusement ses ailes, un sourire encourageant aux lèvres, la tête légèrement penchée.

Alice tourna plusieurs fois sa langue dans sa bouche sans trouver une réponse appropriée, drôle ou simplement courtoise.

– *Patraquissime*, avoua-t-elle après une longue hésitation, se pinçant le nez pour ravaler ses larmes.

Elle n'en menait pas large ce jour-là mais ne voulait pas l'avouer, tenant vaillamment la tête haute pour garder son foulard en équilibre et le restant de fierté qu'elle possédait.

– Oh, fit-il, compatissant, nous sommes à la veille de la sixième visite chez le Chimiste, la tension monte de quelques crans, c'est bien normal. Vous êtes secouée, chahutée, sens dessus dessous. Encore un peu de courage et l'épreuve sera derrière vous. Vous devriez vous distraire, vous aérer, faire quelques pas dans le jardin. Les buis sont couverts de givre, et l'eau des fontaines est figée, c'est plein de poésie.

– Mais vous n'y pensez pas, souffla Alice, éclatant en sanglots. Je n'ai aucune force, je ne suis bonne à rien.

Tout en reniflant, elle continuait à parler pour ne pas perdre la face :

– Je serais incapable de mettre un pied devant l'autre, et sûrement pas de parcourir des allées gelées…

– Ce n'était qu'une suggestion, concéda Balbozar, vous pourriez aussi vous changer les idées en regardant des images en mouvement.

– Oui, *Mort à Venise*, ironisa-t-elle en ramassant le foulard bleu nuit qui venait de se dénouer.

– Non, *Vacances romaines*, répliqua-t-il, les yeux pétillants.

– Je ne suis capable que de voyages immobiles, s'attrista-t-elle, les yeux toujours emplis de larmes. Je ne pourrais, hélas, accompagner ni Phileas Fogg, ni Passepartout, ni personne. En quatre-vingts jours je ne peux faire que le tour de ma chambre ! Rome, Calcutta, Pékin, Saint-Pétersbourg, ce serait merveilleux, dit Alice en tendant son bras douloureux à masser.

– Alors, regardez sans bouger *Fenêtre sur cour*, proposa Cherubino Balbozar, se souvenant du héros de Hitchcock, une jambe immobilisée dans le plâtre, piaffant d'impatience et mitraillant ses voisins à défaut de partir pour de lointains reportages.

– Ou *Chambre avec vue*…, fit Alice, rêveuse. Comme j'aimerais voyager en Toscane !

– Avez-vous vu *Je vais bien, ne t'en fais pas* ? l'interrompit Balbozar en massant lentement chaque articulation de la main.

– Joli titre, merci, répondit Alice d'une petite voix, mais il n'est pas encore d'actualité. J'ai d'affreux tiraillements dans le bras, de l'épaule à l'extrémité des doigts, et je ne vous ennuierai pas avec l'incendie de mon estomac ni celui de mon palais ou de mes tempes. Je suis d'humeur à voir *Seule dans la nuit*.

– Alors essayez *Seul au monde*, fit Balbozar avec une moue dont Alice, qui avait sans doute perdu son humour, ne pouvait décider si elle était à prendre au premier ou au second degré. C'est un peu l'histoire de Robinson Crusoé, continua-t-il, l'art de survivre au milieu de nulle part, sans personne pour vous aider, ni vous ennuyer non plus, dit-il en soulignant ces derniers mots par un petit sourire complice.

– Oh ! fit la dame aux turbans un peu vivement. Proposez-moi quelque chose de léger, d'amusant, une comédie ! Je suis exténuée de survivre seule de l'autre côté, de traverser des turbulences qui s'enchaînent sans me laisser souffler ; j'aimerais un entracte, un tout petit entracte, reconnut-elle, la voix presque suppliante.

– Que diriez-vous de revoir *Les Aristochats* ? demanda-t-il, espérant lui faire plaisir.

– Oui, répondit-elle, enthousiaste, avec Toulouse et Berlioz, et leur sœur… Comment se nomme-t-elle déjà ? Est-ce un nom de peintre, de musicien ? Je ne me rappelle plus. Vous en souvenez-vous ?

– Non, son nom m'échappe aussi, reconnut Balbozar, mais je vais y réfléchir. Et le docteur Home, regardez-vous la série du docteur Home ?

– Quelle question ! J'ai bientôt terminé la deuxième saison. J'adore... Il est tellement irrespectueux, impertinent, impressionnant... Oh non, je ne vais pas recommencer à parler en *i* !

– Si vous préférez les *a*, on peut dire qu'il est arrogant, anticonformiste, asocial..., commença-t-il.

– Altier, audacieux, adroit..., renchérit-elle.

– Agaçant.

– Ambitieux, aguichant.

– Altruiste, peut-être, non, alambiqué.

– Disons : astucieux, atypique et même asymétrique, s'amusa Alice, éclatant de rire.

– Voilà votre humour revenu. Bravo, Alice, avec un A majuscule ! Je penserai à vous demain, quand vous serez chez le Chimiste.

– Merci, Balbozar, vous êtes... balsamique !

– Vous me voyez vinaigre ? interrogea le visiteur désarçonné. Bayadère peut-être, si vous y tenez.

– Non, ça, c'est le Ver à Soie. Vous, je pourrais vous baptiser « balthazar » comme la bouteille de champagne, lança-t-elle à brûle-pourpoint.

– À votre bonne santé ! fit Cherubino en levant un verre imaginaire. À vos bulles ! À vos barcarolles, poursuivit-il. À vos joyeux batifolages !

– Vous bornerez-vous à boire un bock d'un barbare breuvage ou vous barbouillerez-vous d'un buffet de bonbons bariolés ?

– Quel baratin, quel barouf ! Je dirais même plus : quel brouillamini ! commenta-t-il en jouant le jeu.

– Merci, applaudit la dame au bandeau.

– Baragouinez donc, bricoleuse de bric et de broc ! Bravo ! se réjouit-il, sincèrement convaincu que le rire était le meilleur traitement.

– Je bavarde, je babille, je batifole... Pardonnez-moi, fit Alice soudainement. Je raconte n'importe quoi, et vous aussi. Je n'en peux plus. Je suis ivre de fatigue. Les rires, les larmes, tout se mélange. Je suis tellement excessive, je ne me reconnais pas. Me pardonnerez-vous, Cherubino ?

– Ne vous inquiétez de rien, Alice, la rassura-t-il. Rire ou pleurer, c'est du pareil au même, ça fait toujours du bien, ne vous en privez pas. Excusez-moi à présent, je dois partir, le brouillard m'attend ailleurs.

Dans un bruissement d'ailes, Cherubino Balbozar prit congé de la dame au sombre foulard en répétant de loin :

– Soyez sans crainte, tout ira bien. N'oubliez pas de dormir !

Chimio 6

I

Le Cavalier Blanc surgit en brandissant une seringue comme s'il agitait une épée. Presque au même moment, le Cavalier Rouge le dépassa avec adresse, lui arracha l'instrument en s'écriant :

– Holà, qu'alliez-vous faire, malheureux ! Ce sérum n'est pas pour elle. C'est tout à fait contre-indiqué, très dangereux. Êtes-vous devenu fou ?

Une bataille s'engagea entre les deux chevaliers, le premier tenta de reprendre l'instrument à son rival. Il y serait presque parvenu si celui-ci, sur le point d'être désarçonné, ne s'était rétabli d'une manière déroutante, puis n'avait brandi l'objet litigieux l'air furieux et triomphant avant de disparaître dans la direction opposée.

Comme cette bagarre s'était déroulée sous ses yeux depuis la salle d'attente du Laboratoire de Chimie, Alice se demanda avec inquiétude si elle en était l'enjeu. Qui avait tort ? Qui avait raison ? Comment savoir si l'un ou l'autre se trompait ? Rien ne lui permettait de trancher. Alors que jusqu'à ses mésaventures dans le Labyrinthe des Agitations Vaines elle s'était laissé soigner sans méfiance, elle se posait à présent mille questions. Mais avait-elle d'autres choix que celui de faire confiance ?

Face à la médecine, à l'objectivité des expérimentations, des protocoles, des statistiques, elle n'avait rien d'autre à déposer dans la balance qu'un corps malade, une subjectivité qui n'intéressait personne.

La Reine Rouge, le docteur Farfadet, le Grand Chimiste, tous leurs acolytes, ne voulaient savoir d'elle que ce qu'ils pouvaient mesurer, jauger, calibrer, quantifier. La souveraine n'en avait pas fait mystère : les malades n'existaient pas, il n'y avait que des maladies. D'un bout à l'autre du Pays du Miroir, il fallait supporter cette évidence, se résigner : être une bonne patiente impliquait de souffrir, strictement dans les normes, ni plus ni moins, sans jamais s'écarter des chiffres et des courbes prévus par la noble Science ou le bel Art de guérir. Il fallait accepter les traitements sans broncher et surtout, quoi qu'il arrive, patienter.

Elle attendit donc longtemps avant d'être invitée par l'assistant du Chimiste à pénétrer dans une des petites chambres qui donnaient sur le large couloir où la bataille entre les cavaliers avait eu lieu. La pièce était accueillante, tapissée d'une couleur plaisante, avec près de la tête de lit une lumière douce. Elle s'allongea néanmoins avec une certaine appréhension.

Des chimistes entraient, sortaient, apportaient à tour de rôle fioles, éprouvettes, aiguilles, gants, pinces et divers liquides sur lesquels étaient collées des étiquettes indéchiffrables. N'y avait-il aucune erreur, aucun danger ? Non, la rassura-t-on ; qu'elle ne s'en fasse pas, tout était sous contrôle, parfaitement préparé à son intention.

Alice prit le parti de continuer à faire ce qu'elle avait fait lors des cinq visites précédentes au Laboratoire, elle se plia à toutes les manipulations dont elle était l'objet avec humour et bonne volonté, se félicita de la dextérité avec laquelle on lui fit absorber les potions nécessaires, et lorsqu'on lui enveloppa les mains et les pieds dans des moufles de glaçons, elle éclata de rire. Mais quelques minutes plus tard elle déclara forfait, demanda d'être délivrée de la glace qui pétrifiait la plante de ses pieds.

– Je ferais un mauvais whisky *on the rocks*, plaisanta-t-elle. Je me demande comment font les pingouins sans bottes sur la banquise…

Au bout d'un moment il n'y eut plus aucun bruit. Tout semblait figé comme si le temps s'était retiré du monde. Alice guettait le parcours des gouttes dans les sacs et les tuyaux. Bougeaient-elles vraiment ou n'était-ce qu'une illusion des sens ? Elle se mit à douter. Voyait-elle ce qu'elle croyait voir ? La petite bulle dont elle tentait de suivre le cheminement existait-elle ou n'était-elle que le fruit de son imagination ? Comment savoir si ses perceptions ne la trompaient pas ? Elle hésitait entre la tentation de faire l'inventaire des sensations de son corps et son désir de s'absenter.

Par la fenêtre, elle aperçut une mince ligne rose qui traversait le ciel sombre.

Comment distinguer l'intérieur de l'extérieur, le subjectif de l'objectif ?

Suis-je à nouveau prisonnière du rêve d'autrui ? s'interrogeait Alice que cette idée bouleversait. Allongée au milieu des spirales et des alambics, appartenait-elle aux rêves de maîtrise et de toute-puissance du Grand Chimiste ? Mon identité ne peut se résumer au seul nom d'une maladie. Ni à un numéro sur un dossier. Je ne suis pas un cas, je suis une personne !

On devrait recevoir un mode d'emploi : *L'Art d'être malade en dix leçons*, ou *Comment guérir avec le sourire*, ou encore *C'est le patient qui a toujours raison*. Ce dernier titre mettrait la Reine Rouge et le Labyrinthe des Agitations Vaines définitivement KO. Mais ce n'est, hélas, pas demain la veille, enrageait Alice qui n'était pas prête à leur pardonner d'avoir été abandonnée sans égards aux mains des Contrôleurs incompétents.

En principe, se répétait la dame aux turbans sans turban, en principe chacun est dans son corps, et dans un seul corps. Ainsi ce bras que je vois est-il le mien et celui de personne d'autre. Il est relié à cette machine depuis… depuis combien de temps déjà ? Peu importe. Le temps a peut-être suspendu sa course, mais la machine n'est pas moi et je ne suis pas la machine, se dit Alice, qui finit par se souvenir qu'à chaque instant elle pouvait appuyer sur un bouton pour appeler à l'aide. Cette pensée la calma, mais n'entama que fugacement l'étrangeté dont elle était l'objet.

Elle sentit sur ses joues perler de fines larmes. Si je n'étais pas réelle, je ne pourrais pleurer, s'encouragea-t-elle. Personne ne peut pleurer à ma place, n'est-ce pas ? Je ne me promène donc dans le rêve de personne, ou alors seulement dans le mien. Si je n'étais que le jouet du songe de quelqu'un d'autre, il suffirait que le rêveur se réveille pour que je disparaisse aussitôt. Pfft, envolée. Ah, ça non, il n'en est pas question ! J'entrevois à peine ma liberté, je ne veux pas la laisser s'enfuir. Toute créature échappe à son créateur un jour ou l'autre et tout malade à sa maladie ! Voilà ! La partie est loin d'être achevée, s'écria Alice à qui ne voulait pas l'entendre. Je n'ai pas dit mon dernier mot. Rira bien qui rira le dernier.

À cet instant, elle aperçut la Fée Praline se poser sur son épaule, lui adressant un clin d'œil en signe d'encouragement.

Non, la partie n'est pas terminée, se promit Alice. Si je suis pion aujourd'hui, demain je serai reine.

II

En quittant le Laboratoire de Chimie, elle croisa un défilé de philosophes. Zénon ouvrait la marche, couvert d'une tunique de marbre aux plis savamment composés. Ypsilon et Xénophane avançaient habillés de blanc. À leur suite, Wittgenstein dans sa sombre et sévère redingote de drap anglais faisait contraste. Vico sortait un élégant manteau de soie écarlate, alors qu'Ubu se promenait en costume d'Arlequin. Nietzsche dansait avec allégresse devant Montesquieu et Malebranche, qui marchaient à pas comptés, portant perruque, dentelles et brocarts le plus cérémonieusement du monde en discourant sur l'égalité et la fraternité. Locke vérifiait sans cesse que sa chemise ne bâillait pas sous sa robe d'intérieur, tandis que Kierkegaard balayait d'imaginaires miettes de son pardessus de velours. En apothéose, Aristote, un voile jeté autour de ses épaules et de ses hanches, fermait la marche, imberbe, paré de bijoux, modeste et superbe.

N'y avait-il aucune femme dans cette compagnie ? Attendaient-elles dans les coulisses ? s'inquiétait Alice, bien qu'elle admirât les barbes généreuses, les crinières ondulées, les somptueuses moustaches qui défilaient sous ses yeux.

Après un moment de contemplation, elle prit conscience qu'ils marchaient en parlant ou parlaient en marchant. Se souvenant que dans ce pays à l'envers elle pouvait sans les connaître comprendre toutes les langues, elle tendit l'oreille pour attraper des bribes de leurs conversations. Des mots familiers se détachaient : « vérité », « mensonge », « beauté », « idéal », « certitude », « raison », « chaos »…

Les philosophes se posaient donc les mêmes questions que les malades : la vie, la mort, l'infini, l'éternité ?

Alice remarqua avec surprise qu'ils avançaient dans l'ordre inverse de l'alphabet. Qu'est-ce que cela pouvait signifier ? Elle se récita mentalement toutes les lettres dans un sens puis dans l'autre : *z*, *y*, *x*, *w*… C'est exact, constata-t-elle après plusieurs vérifications. Comme c'est curieux ! À quoi cela peut-il leur servir, se demandait-elle, puisqu'ils s'opposaient généralement dans leurs théories deux par deux : les idéalistes et les pragmatiques, les logiciens et les intuitifs, les réalistes et les utopistes ?

Les contraires s'unissent, pensait Alice, qui n'aimait pas trop que les choses soient tranchées à la hache et penchait volontiers pour le juste milieu.

Elle observait Pythagore avec attention, car elle se rappelait avoir étudié son théorème sur le carré de l'hypoténuse. Il jouait avec des cordes qu'il accordait et désaccordait pour en tirer des sons et établir les intervalles musicaux, puis il se mit à empiler des cailloux le long du chemin.

– Quand un mathématicien démontre l'exactitude d'une théorie sur les triangles, expliquait Pythagore, il ne parle pas d'une figure particulière dessinée quelque part, c'est plutôt quelque chose qu'il envisage en imagination. Ainsi se dégage la distinction entre l'intelligible et le sensible. Qui plus est, la proposition établie est vraie, sans réserve et pour toujours. Un pas de plus et nous découvrons une nouvelle perspective, ajoutait le philosophe en tentant de rattraper le défilé qui avait pris de l'avance.

Et, en pressant le pas, il ajouta dans un souffle :

– L'intelligible seul est réel, parfait et éternel, alors que le sensible est apparent, imparfait et passager.

Alice, qui suivait Pythagore depuis quelques minutes, s'immobilisa pour réfléchir à ce qu'il venait d'énoncer. Que quelque chose sur cette terre puisse être à la fois éternel et parfait, cette idée lui plaisait, mais elle devait admettre qu'elle ne pouvait accepter que l'intelligence abstraite l'emporte sur le sensible. Il se pouvait que le sensible ne soit qu'apparence, imperfection et fugacité, cependant Alice se refusait à renoncer à cette part du monde, si riche, nuancée, complexe, subtile, humaine.

Pourquoi les philosophes s'obstinaient-ils à ne choisir qu'une fraction de la réalité ? Cela la perturbait, on aurait dit qu'ils voulaient en découper une part pour se la réserver et abandonner l'autre moitié à leurs adversaires. Peut-être était-ce la règle de leur jeu philosophique : un tien vaut mieux que deux tu l'auras ? Ainsi n'étaient-ils jamais à court d'arguments les uns contre les autres ; la partie se poursuivait à l'infini, personne ne pouvant conclure une fois pour toutes. S'ils cessaient de se contredire, ils s'ennuieraient assurément, songeait Alice, un peu surprise néanmoins de ce qui lui apparaissait comme une forme de puérilité. Chacun s'amuse comme il peut, conclut-elle.

Néanmoins il me semble, modestement, sans avoir voix au chapitre, se formulait la dame aux foulards qui poursuivait sa route et ses pensées, que si je bricolais une petite philosophie de poche à mon seul usage, elle ne rejetterait pas la moitié du monde. Je tenterais de ne pas séparer artificiellement, pour la commodité de la démonstration, le corps et l'esprit, l'intelligence et la sensibilité, ni même la parole et le silence, la confusion et la clarté…

C'est alors qu'elle trébucha sur un fruit curieusement posé au milieu de l'allée qui la conduisait à sa chambre. Elle vit qu'elle avait, sans y prendre garde, emboîté le pas à Newton qui ne pouvait s'empêcher d'observer les pommes tomber des pommiers sans les recueillir.

J'ai hâte de rentrer chez moi prendre le thé, se dit Alice, qui n'avait ni bu ni mangé depuis qu'elle s'était rendue au Laboratoire de Chimie de grand matin. Je croquerais volontiers une pomme ou deux, s'amusait-elle en cheminant derrière le grand homme.

Le sourire aux lèvres, Alice se pencha malicieusement pour glaner les pommes qu'il laissait choir.

III

J'y suis. J'y suis arrivée, j'ai atteint la sixième case, s'émerveillait Alice, qui osait à peine y croire. Je ne peux donc plus retourner en arrière ; ce qui est fait est fait, dit-elle en se frottant les mains encore gelées.

Quelque chose la chiffonnait cependant. Elle fronça les sourcils. Le temps ne se manifestait plus en un flux perpétuel et irréversible. Depuis qu'elle avait réellement basculé de l'autre côté du miroir, l'avenir appartenait au passé, le futur n'était pas encore de retour. Le temps bégayait.

La fiction, celle que l'on invente à voix haute, ou celle que l'on couche sur le papier, la fiction pouvait-elle suspendre la mort, ou du moins en obtenir un sursis ? Alors, se jura silencieusement Alice, je commencerais un récit dont l'issue coïnciderait avec ma délivrance et celle de tous et toutes.

Dinah, ma chatte bien-aimée, ma sœurette, puisque tu ne dors pas, je vais te lire une histoire, une très longue histoire… Connais-tu le début des contes des *Mille et*

Une Nuits ? As-tu entendu parler de Shéhérazade et de son ingénieuse stratégie ?

Écoute.

Il était une fois dans un pays lointain un roi qui, pour se protéger de la trahison de sa première épouse, choisit de ne se marier désormais que le temps d'un seul jour et d'une seule nuit. Chaque aube voyait l'exécution de la dernière épousée, chaque matin il s'unissait avec une nouvelle promise. Tous les parents de l'empire pleuraient la disparition de leurs plus belles jeunes filles. Ils étaient au désespoir, mais personne n'osait, sous peine de mort, s'opposer au tyran.

C'est alors que la belle et savante Shéhérazade, la fille du vizir qui avait lu tous les livres, ceux des sages comme ceux des poètes et des médecins, les proverbes du peuple comme les maximes des rois, qui les avait lus et étudiés, et pouvait en parler pendant des heures, voulut arrêter l'hécatombe des jeunes filles en fleurs. Elle était non seulement gracieuse, douce et lettrée, mais elle possédait assez de malice et d'habileté pour échapper aux dangers du monde.

Contre l'avis de son père affolé, elle insista pour épouser à son tour le Roi. Mais auparavant elle prit soin de mettre sa jeune sœur dans le secret de sa ruse. Celle-ci viendrait au cours de la nuit dans la chambre nuptiale et lorsqu'elle entendrait que les ébats des époux auraient pris fin, elle s'adresserait à son aînée en ces termes : « Ô ma sœur, si tu ne dors pas, raconte-moi une histoire. »

Shéhérazade épousa donc le terrible Roi. Comme elles en étaient convenues, la sœur cadette se glissa dans la chambre nuptiale à l'heure dite et supplia :

– Ô ma sœur, si tu ne dors pas encore, raconte-moi, je t'en prie, l'une de tes belles histoires, jusqu'au lever du jour. Ensuite, c'est promis, je te ferai mes adieux, car je sais ce que demain te réserve et ne peux m'y opposer.

Avec l'assentiment de son époux, Shéhérazade débuta un récit qu'elle poursuivit jusqu'à l'aube. Voyant poindre le jour, elle s'interrompit au milieu d'une phrase. Le Roi, pris par la magie de l'histoire, n'avait plus qu'un seul désir, celui de connaître la suite du conte. Il hésitait à exprimer ce souhait qui contredisait ses ordres quotidiens quand il entendit sa jeune belle-sœur s'émerveiller de même :

– Ô ma sœur Shéhérazade, que ton épopée est merveilleuse, comme je voudrais que tu puisses la dérouler davantage !

– Ce que vous venez d'entendre, confirma la conteuse, n'est rien en comparaison de ce que je me propose de vous révéler la nuit prochaine… si je reste en vie, bien sûr, si le Roi m'accorde un délai.

Alors le Roi se dit, à part soi, qu'il était obligé de reporter sa condamnation au lendemain puisqu'il souhaitait si ardemment découvrir les péripéties prochaines. Il accorda la vie sauve à son épouse d'une nuit jusqu'à la nuit suivante.

Au creux de celle-ci, la sœur cadette vint rejoindre la chambre des époux comme elle l'avait fait la veille.

– Ô ma sœur Shéhérazade, si tu ne dors pas, raconte encore…

– Oui, conte-nous vite la suite de ton récit d'hier, renchérit le Roi. Qu'est-il arrivé à notre héros ? Je brûle de le savoir.

– Volontiers, ô mon Roi, répondit Shéhérazade. Avec amour et respect, je t'obéirai.

Et elle continua à dérouler le fil de ses histoires, l'interrompant à la fin de chaque nuit et le reprenant au cours de la nuit suivante. Ainsi mille et une nuits s'écoulèrent.

La Reine avait pendant ces années donné naissance à trois garçons. Lorsqu'elle acheva sa dernière histoire, elle se leva et s'adressa à son époux :

– Ô Roi du Temps, je t'ai rapporté tous les récits que je connais, tous les récits de ceux qui nous ont précédés sur cette terre, puis-je à présent te faire une demande, m'accorderas-tu une faveur ?

– Demande ce que tu souhaites, répondit le Roi sans l'ombre d'une hésitation. Sans savoir ce dont il s'agit, je te dis déjà oui.

Shéhérazade fit appeler ses enfants et en leur présence s'adressa à son royal époux :

– Ô Roi du Temps qui passe, voici tes enfants, j'implore devant leurs jeunes vies la grâce d'échapper à la mort que tu m'avais destinée.

À ces mots, le Roi pleura longtemps, puis serra Shéhérazade dans ses bras en avouant :

– Voilà des jours et des nuits que je te sais fidèle et sage, voilà des jours et des nuits que j'étais décidé à t'épargner la vie.

Ainsi, Dinah, vois-tu, par la magie du récit, le temps suspendu de l'art, la princesse Shéhérazade se sauva d'une mort prématurée. Elle fit reculer la mortelle sentence pour elle et pour toutes les autres femmes du royaume.

Tiens, comme c'est curieux, comme c'est étrange, je sens à nouveau les douleurs de mon bras. Ces sensations familières de tiraillement, de pincement, d'écrasement, avaient disparu, absorbées par les autres douleurs. Peux-tu imaginer que j'en suis presque soulagée ?

Mais comme il serait doux de n'avoir mal nulle part ! Inspirer, expirer, sans craindre d'éveiller une perception douloureuse, tapie en un lieu encore ignoré et qui soudain se met à hurler. Comme il serait réconfortant de ne connaître que le silence du corps !

IV

– Comment allez-vous, très chère voisine ? l'apostropha le Grincheux en entrebâillant la porte de la chambre d'Alice. Voilà longtemps que je ne vous ai croisée. Quelle mine superbe que la vôtre !

– Ah, vous revoilà, vous ! Quelle impudence ! Vous m'offensez. Ne voyez-vous donc pas l'état lamentable dans lequel je me trouve ? Décidément, vous n'avez pas changé d'un iota ! Vous êtes toujours pareil à vous-même, inadéquat, indécrottablement. Quel culot ! Comment osez-vous passer le seuil de ma porte sans y être invité, à l'heure de ma sieste, et, de plus, prétendre que j'ai bonne mine alors que je ne tiens pas debout, que j'ai mal partout, que je suis submergée par l'épuisement et l'excitation ? Vous êtes aveugle, ma parole ! s'emporta Alice, qui n'en pouvait mais et déversait sa colère dans l'espoir d'y trouver un apaisement. Si vous aviez les yeux en face des trous, monsieur l'importun, vous verriez que j'ai des cernes comme des valises, le regard trouble, les gestes lents et la parole embrouillée. Je ne vous permets pas de me manquer à ce point de respect, de nier ma réalité, mes sentiments, mes perceptions…

– Diantre, que vous êtes mal lunée aujourd'hui ! remarqua-t-il sans se vexer.

– Aujourd'hui mercredi et tous les autres jours de la semaine pareillement : j'étais, je suis et je serai mal lunée, entendez-vous ? renchérit Alice hors d'elle.

Elle n'arrivait plus à se contrôler, ni ne le souhaitait, tant elle trouvait consolant de répandre sa bile contre quelqu'un qui déniait sa souffrance alors que depuis la bataille des cavaliers pour la seringue, qui avait eu lieu seulement quelques heures plus tôt, elle s'était sentie inexistante pour tous ceux qu'elle avait rencontrés. Il lui revenait en mémoire le défilé des philosophes qui ne lui avaient accordé, eux non plus, aucune importance. Était-elle devenue transparente ? Reprenant la parole, elle assena à son voisin :

– Vous et vos sornettes philosophiques, je vous retiens ! Vous n'avez que des théories à la bouche, vous ne regardez jamais la vie comme elle est ! J'ai rencontré vos collègues tout à l'heure, en sortant du Laboratoire de Chimie. Quel cirque, c'était hallucinant. Ils défilaient à la queue leu leu, tous siècles confondus, se chamaillaient, le plus souvent deux par deux, ou quelquefois par trois, chacun essayant de faire taire le précédent ou le suivant à coups d'arguments prétendument imparables et définitifs. Une vraie cour de récréation et pas une seule fille à l'horizon. S'il suffisait d'être chauve pour faire partie de leur coterie, j'aurais mes chances, ajouta Alice. L'un d'eux était charmant, il regardait les fruits tomber des arbres, mais un autre dont le nom m'échappe m'a mise très en rage. Il avait le toupet de prétendre que la subjectivité n'existe pas puisqu'elle meurt avec la personne ! Seule existe une chose qui existe toujours. Quelle faribole, quelle sornette, quelle carabistouille ! Je voudrais bien le voir, celui-là, sortant du Laboratoire de Chimie après avoir été parqué dans le Labyrinthe des Agitations Vaines ! Il aurait perdu de sa superbe, sans chevelure ni subjectivité, poursuivit Alice qui ne décolérait pas.

Lorsqu'elle s'aperçut que le Grincheux avait lâchement fait machine arrière pour échapper à ses foudres, elle grommela pour elle-même la suite de ses imprécations.

V

En rêve, Alice vit les six pommes de Newton alignées le long d'une montre-bracelet : cinq d'entre elles étaient rouges, la quatrième pourrie ; la sixième, aussi verte que peut l'être une pomme verte, semblait prendre ses jambes à son cou, pour autant qu'une pomme ait des jambes et un cou, et cette pomme-là, avec un petit air mutin, la mine réjouie, voulait s'échapper, annonçait à la ronde :

– *Ciao*, la vie m'attend, je n'en ferai qu'à ma tête, adieu la compagnie !

VI

Alors que le jour commençait à poindre, la rêveuse, encore plongée dans les brumes des songes, cherchait son stylographe.

Plume, Plume, appelait-elle doucement, un pied nu déjà hors du lit.

Languissant de retrouver une partenaire de jeu, le stylo-plume émit un léger couinement pour signaler sa présence sous un amoncellement de feuilles manuscrites. Sa maîtresse dispersa le désordre qui l'ensevelissait depuis trop longtemps, le prit entre ses doigts, le caressa, appuya sa pointe brillante sur un papier buvard pour vérifier qu'il contenait toujours de l'encre. Le stylographe se laissait joyeusement manipuler, prêt pour de nouvelles aventures.

Pas si vite, lui glissa Alice, cherchant à remettre la main sur l'encrier. Attends encore un peu. Toi non plus, tu n'as pas changé d'un iota souscrit, toujours aussi impétueux, impulsif, intrépide, impatient, fit-elle, enlevant le capuchon, dévissant le réservoir, puis actionnant la pompe pour l'emplir d'encre noire.

Certes, tu cours plus vite que mon ombre, mais au moins toi, tu ne me prétends pas en pleine forme quand je suis au dernier dessous.

Soit. *Nobody's perfect*, se raisonna Alice, contemplant sa plume retrouvée. Où en étions-nous restées dans ce récit, t'en souviens-tu ? Il était une fois… une dame de la Renaissance italienne et un photographe qui se rencontraient dans la pénombre d'une salle de musée. Avec curiosité et bienveillance, il l'observait longuement, attentivement, sans rien omettre de ses ombres et de ses lumières, de sa réserve et de sa malicieuse coquetterie. La Fornarina portait-elle en son sein une souffrance restée méconnue durant cinq siècles ? Cachait-elle un mystère ou lui prêtait-il une humeur maligne ? Son œil était vif, elle possédait l'assurance d'une femme qui se savait aimée, et pourtant quelque chose d'imperceptible avait alerté le spectateur. Sous son regard, elle avait blêmi, elle s'était abandonnée, on eût dit qu'elle osait ne plus feindre, ne plus prétendre être la muse sans souci du peintre des peintres. Cinq cents ans et des poussières s'étaient écoulés, elle n'avait plus rien à perdre, elle pouvait se dévoiler. Son turban s'était dénoué, son bijou sur le front avait vacillé…

Va, ma Plume, glisse avec moi, comme si nous faisions un pas de deux, les pieds chaussés de patins sur le bord d'un lac gelé…

Comme les pièces d'un damier imaginaire, la Dame au Turban et le Chevalier des Images poursuivaient leur singulier colloque. La douceur malicieuse de son visage avait disparu. Un court instant, il crut, ou était-ce une hallucination, il crut percevoir une lueur briller à la frange de ses cils. Sans doute n'était-ce qu'un reflet sur la toile, cependant il ne pouvait se défaire de cette impression furtive qu'elle avait réellement cillé des yeux. Comme si elle s'adressait à moi, songea-t-il sans étonnement, comme si elle voulait déposer un secret, me le livrer, se remettre entre mes mains, me confier… sa vie. Il se mit à la couvrir du regard, à l'affût du moindre indice. La Dame pâlissait, à n'en plus douter, son teint devenait translucide, on pouvait suivre la courbe de ses veines d'un bleu fané sous la peau.

J'ai peur, avoua soudain Alice. J'ai peur, je ne sais pas au juste de quoi. Comme si… comment dire… comme si j'allais m'éteindre, comme si je ne pouvais survivre à mon histoire… Ça n'a pas de sens, mais il me semble perdre mon sang comme toi ton encre sur la feuille de papier…

Écrire, est-ce le rêve de suspendre la mort, tenter, comme Shéhérazade, de gagner une nuit, puis une autre… et encore une autre, pour reculer la sentence, obtenir un sursis sur l'échéance fatale ?… Écrire, reconnais-le, stylo-plume, toi mon complice le plus intime et le plus implacable, écrire, c'est un pari insensé, celui de séduire, celui de survivre.

– Dinah, t'ai-je raconté qu'une Licorne m'avait offert un Attrape-Lumière ?

Alors Alice découvrit la toute première image, celle qu'elle avait prise sans le savoir : son propre visage endormi.

– Ne vous impatientez pas, lui conseilla le Ver à Soie qui venait de surgir de nulle part.

– Comme vous êtes pâle, Alice ! dit le Blanc Lapin.
Donnez-moi votre poignet, je vais prendre votre pouls...
– Non, ne me prenez rien, je vous en prie,
je suis au bord du néant.

– Occupons-nous des choses maintenant, nous verrons les mots un autre jour, proposa Cherubino Balbozar.

– Bonsoir, murmura Alice, un turban de nuit sur la tête, j'espère que je ne vous dérange pas ?
– Vous me dérangez toujours, voisine ! Vous êtes indocile, impertinente, insupportable... et, de plus, vous écrivez maintenant !

– Vous dites n'importe quoi, je suis la Reine,
tout m'appartient ici. Votre corps n'est pas à vous,
il est à la Science, et la Science, c'est moi !

– Vous êtes entrée dans le Labyrinthe des Agitations Vaines, vous ne pouvez plus en sortir..., lui assena le troisième Contrôleur.

Par-delà le bien et le mal vibrait quelque chose d'infime, qu'elle savait désormais et pour toujours sans concession. Une part d'indestructible.

Comme les pièces d'un damier imaginaire,
la Dame au Turban et le Chevalier des Images poursuivaient
leur singulier colloque.

Alice apprit à aimer les petites choses du quotidien.

N'avait-elle pas déjà surmonté cinq obstacles ?

Depuis qu'elle avait réellement basculé de l'autre côté du miroir, l'avenir appartenait au passé. Le temps bégayait.

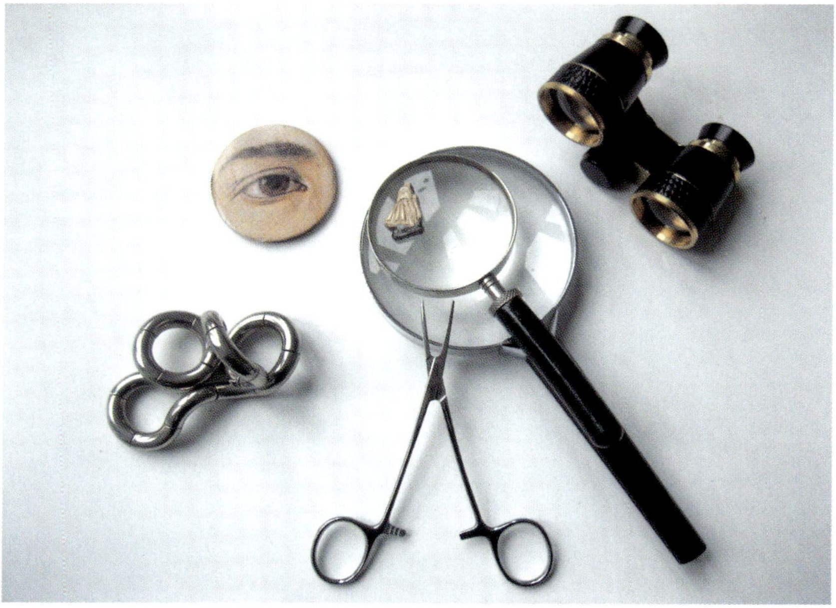

Comment dire ce qui ne pouvait être dit ?

Aurait-elle pu, aurait-elle dû, transformer l'offense en colère, pour éteindre la morsure du chagrin ?

Qu'est-ce qui va encore m'arriver ? se tourmentait Alice
en traversant l'aile gauche de la Centrale de Lady Cobalt.

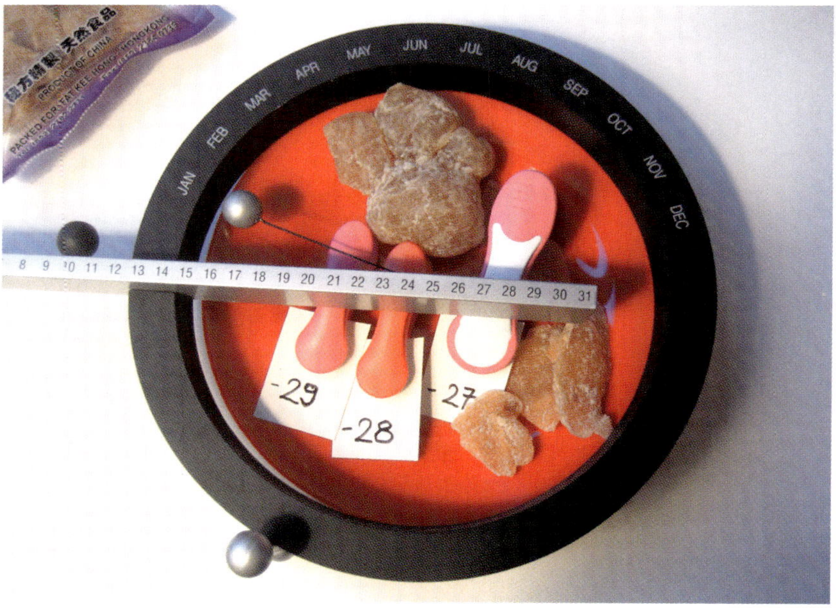

Il fallait célébrer cette modeste, concrète,
silencieuse victoire sur soi.

Comment savoir si tout cela n'était qu'un rêve ou la vraie vie, avec ce qu'on nomme pudiquement ses aléas, ses soucis, ses accidents ?

Le métier d'une patiente, c'est par définition de patienter. Il n'y a aucune exception à cette règle, crois-moi, Plume.

– Oui, je vis toujours et je suis même devenue immortelle.
J'ai été élue à l'Académie Royale et Impériale
des Amateurs de Gingembre Confit !

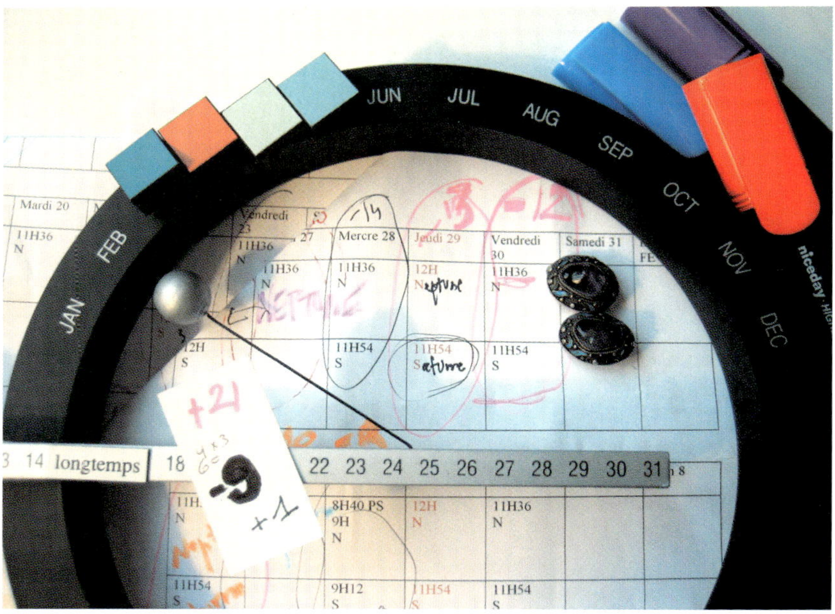

Son seul désir, c'était d'en finir au plus vite.

– Une rose est une rose est une rose..., commença-t-il.
– Un muscari est un muscari et Alice n'est qu'une Alice qui n'est qu'une pauvre Alice qui, elle-même, n'est qu'une pauvre pauvre Alice...

Le sentiment heureux d'une dette infinie.

Aide-moi, je t'en prie, inspire-moi la suite de ce conte qui brouille les frontières du temps, du rêve, de l'amour. Comment puis-je avancer sans atteindre trop tôt le port ? Je souhaiterais musarder en chemin, m'égarer pour différer la suite, l'inexorable chute. Je cherche la victoire de l'instant suspendu, de l'instant éternel de l'art. Folie, n'est-ce pas ?

Vois-tu, je ne suis pas prête… Je ne peux m'y résoudre… Je voudrais voler un peu de temps au temps…

Dans la souffrance et dans la joie.

Je voudrais vivre encore.

VII

Cette nuit-là un ours immense, féroce, menaçait Alice. Celle-ci reposait allongée sur la terrasse d'un vaste et beau jardin à l'italienne lorsqu'elle le vit s'avancer dans sa direction. Il allait la dévorer, sa dernière heure était arrivée.

Avec un sentiment d'effroi et de lucidité, Alice sut qu'elle n'avait que quelques secondes pour trouver la parade. Par quelle ruse pourrait-elle l'amadouer pour sauver sa peau ?

La Providence se manifesta sous la forme d'une coupelle d'eau qu'elle aperçut à son côté, elle s'en empara prestement, la tendit en un geste d'offrande à l'ours qui, contre toute attente, ne la refusa pas, se pencha pour s'abreuver.

La bête se coucha alors près d'elle, se métamorphosa mystérieusement en être humain, prit les traits violents, dangereux d'un homme, qui, peu à peu, après avoir étanché sa soif, s'apaisa et s'endormit, aussi doux, inoffensif qu'un nouveau-né.

VIII

Alice s'éveilla en sursaut.

Le Troll imperturbablement souriant se tenait au pied du lit, une soupière à la main.

– Bouillon de légumes aux herbes aromatiques, annonça-t-il fièrement en soulevant le couvercle.

Elle esquissa un geste d'agacement, elle était de mauvaise humeur, tout l'encombrait : les bruits, les lumières, les parfums. Elle se sentait en danger. Son seuil de résistance était proche de zéro. Personne ne pouvait la comprendre.

Comme derrière un paravent, elle percevait la gentillesse du Troll, incapable d'y répondre.

– Oui, fit-elle à l'adresse du cuisinier, ça sent sûrement très bon, mais cette odeur me donne la nausée. Remportez votre concoction à la cuisine !

Et elle se recroquevilla en se comprimant l'estomac.

Il faut être en bonne santé pour rester polie, remarqua-t-elle, surprise de ne pas se sentir en faute d'être devenue lunatique, inadéquate et même franchement désagréable et revendicatrice.

De tout son être elle criait silencieusement : ça suffit, c'est insupportable, tellement injuste.

Pourquoi cela m'arrive-t-il, à moi ?

Pourquoi dois-je subir cette torture alors que je ne suis coupable de rien ?

Pourquoi les méchants s'en sortent-ils mieux ?

Si on pouvait se dissoudre, dire pouce, je passe mon tour…

IX

Une idée ne cessait de la poursuivre, l'inquiétude de la perte, de la séparation, de l'abandon.

Bien que sa montre ne marquât pas encore seize heures trente et qu'il fît déjà nuit, le Ver à Soie montra le bout de son nez et la succession multicolore de ses rayures au moment précis où elle était sur le point d'éclater, une nouvelle fois, en sanglots.

Dès qu'il aperçut son pauvre petit regard embué, sa silhouette chancelante, il la souleva sans prononcer un mot, la déposa avec précaution sur une chaise longue non loin de la fenêtre qui donnait sur le jardin.

– Ma pauvre amie, vous voilà bien mal en point. Vous m'en voyez sincèrement désolé. Vous accusez le coup après ce que le Grand Chimiste vous a injecté dans les veines, votre corps est mis à rude épreuve, votre moral aussi. Cela ira mieux à la fin de la semaine prochaine, vous traversez les jours les plus pénibles ; vous verrez, vous remonterez la pente très bientôt, ne désespérez pas. Il faut avoir encore de la patience, du courage, six manches sont presque achevées, vous approchez du but. Gardez la tête haute, soyez hardie et résolue comme une guerrière. La récompense viendra plus tard, tenta de la réconforter son visiteur.

– Quelle récompense ? interrogea Alice d'un ton incrédule.

– De longues années d'une vie en bonne santé, répondit-il avec chaleur.

– J'aimerais vous croire, murmura-t-elle, reniflant et s'épongeant vainement les joues.

Elle s'étira douloureusement. Sa tête lui faisait mal, son corps était tendu comme un arc. Elle eut un éblouissement mais n'en laissa rien paraître. La dignité lui commandait de ne pas peser. La liste de ses misères n'intéressait personne, pourtant elle devait s'avouer vaincue, elle n'était plus capable de feindre.

– Regardez, je vous ai apporté des bougies pour mettre un peu de lumière dans cet hiver interminable, dit le Ver à Soie en allumant la mèche des chandelles qu'il déposa sur une table basse auprès de la dame à la si triste figure.

– Merci, hoqueta-t-elle au milieu d'un torrent de larmes. Je ne vois pas le bout du tunnel. Ça n'en finit pas, je m'attendais au pire, mais ce pire-ci est bien pire encore. C'est comme une montagne dont la cime ne cesserait de s'élever à chaque pas. La distance parcourue ne me rapproche pas du sommet, au contraire ; plus j'avance et plus je m'éloigne. Je me bats contre des moulins, c'est pathétique, lâcha-t-elle en frémissant, honteuse d'être dans un tel dénuement.

– Ne vous fâchez pas contre vous-même, l'exhorta le Ver à Soie qui se mit à masser doucement la cicatrice au creux de son bras, puis celle de son sein. Vous ne vous battez nullement en vain ; vous essayez de trouver un équilibre dans le déséquilibre. Vous êtes agressée de toutes parts et vous faites courageusement front. Soyez plus indulgente avec vous-même !

– C'est plus simple à dire qu'à faire, balbutia-t-elle, la gorge nouée. Je n'aurais jamais cru que c'était si terrible de perdre ses cils et ses sourcils. C'est comme si je n'avais plus de visage, comprenez-vous cela ?

Le Ver à Soie ne répondit rien, soutint son regard. Il massait son bras lentement, très lentement, de la main jusqu'à l'épaule.

Alice confondait-elle le Ver à Soie et son alter ego, Cherubino Balbozar ? Qui des deux était à ses côtés en cet instant ? Son visiteur du soir avait-il déployé ses grandes ailes translucides ? Comment les distinguer l'un de l'autre ? Je ne sais plus qui je suis, je ne sais pas davantage qui sont les autres, constatait-elle avec effroi. J'avance dans un grand dédale blanc où tout est indistinct. Où est le dedans, où le dehors ? Se pouvait-il que chaque sensation de la conscience possède un ourlet secret ?

Alice poursuivait sa méditation à haute voix, elle n'osait croire qu'on puisse réellement la comprendre, percevoir l'étrangeté de son expérience.

– Qu'est-ce qu'un visage ? reprit-elle. Je ne m'étais jamais posé cette question. Je croyais qu'un visage, c'est ce que dessinait un enfant : des yeux, un nez, une bouche, n'est-ce pas ? Et pourtant, sans cils, sans sourcils, les yeux cessent d'accrocher le regard, ils flottent au milieu de rien, c'est effrayant. Quelque chose manque et tout se disloque, s'éparpille. Quand je me vois dans la glace de la salle de bains, je me fais peur. J'ai l'impression d'avoir perdu mon visage, je ne suis plus sûre d'être encore moi-même. Qui suis-je si je ne me ressemble plus ? Je me reconnaissais dans ma chevelure, dans la courbe de mes sourcils, comme un toit rassurant au-dessus de mes yeux entourés de cils, tout ce moi familier a disparu, comme la toison de mon pubis, ajouta-t-elle avec une imperceptible hésitation. C'est très déroutant de retrouver son sexe de petite fille et… je ne vous parle pas de mes seins qui ne seront plus jamais comme ils étaient.

Alice détourna la tête pour mettre fin à cette confidence, regarda la flamme des bougies danser avant de demander, sans autre transition :

– S'il vous plaît, racontez-moi une histoire ! N'importe quelle histoire, une belle histoire, lointaine, à mille lieues de mes soucis, de cette arène où la maladie m'a jetée au milieu des lions et des ours affamés. Accepteriez-vous de me conter quelque fable, quelque récit, paradoxal peut-être, une énigme mathématique dont vous avez le secret ? supplia Alice qui cherchait à changer de sujet de conversation et se souvenait de l'allégorie des onze chevaux à partager entre trois sœurs que le Ver à Soie lui avait fait connaître au début de ses mésaventures au Pays du Miroir.

– Il était une fois…, commença le Ver à Soie en laissant de longs blancs entre chaque mot parce qu'il ne savait pas encore comment répondre au souhait de la dame au turban. Il était une fois…, répéta-t-il, essayant de gagner du temps.

Une idée lui vint.

– Connaissez-vous l'histoire de l'invention du jeu d'échecs ? demanda-t-il en s'adressant à Alice qui avait entre-temps séché ses larmes et patientait, suspendue à ses lèvres. C'est une légende fabuleuse qui devrait vous être douce. Elle montre que d'un seul grain de riz on peut rejoindre l'infini, que ce qui paraît minuscule est, en vérité, gigantesque, et que le pouvoir ne réside pas dans les mains des princes et des rois, mais dans les œuvres et les fantaisies des artistes. Écoutez mon histoire, Alice, et vous rejoindrez les étoiles.

« Il était une fois un roi d'Orient qui s'ennuyait à périr. Ce monarque guerroyait aussi souvent qu'il en avait l'occasion, mais dès que la paix était conclue avec ses ennemis, il ne savait que faire de son temps. Il devenait sombre, irascible, insupportable ; ses courtisans ne parvenaient pas à le distraire de sa mélancolie et craignaient qu'il n'invente de nouvelles guerres qui finiraient par ruiner le pays et toute sa population. Ils lancèrent un concours auprès des habitants du royaume afin de trouver une occupation qui détournerait le Roi de ses combats meurtriers.

« C'est alors qu'un de ses sujets, à l'imagination subtile et complexe, aussi fin stratège que bon logicien, inventa un jeu qui permettrait au Roi de poursuivre jour et nuit son obsession guerrière, sans quitter son palais ni tuer personne, en opposant sur un damier de soixante-quatre cases, plutôt que sur un champ de bataille, seize pièces rouges contre seize pièces noires jusqu'à faire tomber la figure du Roi de son adversaire, le mettre "échec et mat".

« Pour remercier l'homme qui avait conçu un tel chef-d'œuvre, le Roi voulut lui offrir un cadeau de prix, mais le créateur de l'échiquier ne pouvait accepter que le souverain éteigne trop aisément sa dette. Aussi n'exigea-t-il en retour que le plus modeste grain de riz, mais celui-ci devait être déposé sur la première case du damier, le double sur la deuxième case, le quadruple sur la suivante et ainsi de suite…

« Les mathématiciens du monarque cherchèrent toute la nuit le résultat de cette progression géométrique. Ils annoncèrent à la pointe du jour que le royaume n'était pas assez riche ; plusieurs siècles de récoltes ne suffiraient pas à réunir les milliards de milliards de grains de riz nécessaires pour rendre hommage à l'inventeur du plus royal des jeux. Son Altesse resterait à tout jamais en dette. Un tel présent possédait une valeur qu'aucun gage ne pourrait acquitter. Car d'un seul grain de riz doublé soixante-quatre fois de suite (moins un grain), le chiffre atteignait une somme tellement astronomique qu'elle équivalait à la distance entre la Terre et la plus lointaine des étoiles du ciel…

« Telle était la mesure de l'aveuglement des princes et de la puissance des créateurs. Tel était le prix de ce qui n'en avait pas, conclut le Ver à Soie, heureux de voir naître un sourire sur le visage d'Alice.

« Ne m'en voulez, très chère amie, je dois m'envoler à présent. Restez au pays des rêves, je ne tarderai pas à revenir. Peut-être pourrez-vous bientôt reprendre la plume ou l'Attrape-Lumière, ajouta-t-il avec un clin d'œil chaleureux.

– Ne partez pas sans un petit morceau de gingembre confit, fit-elle en lui tendant une coupelle couleur d'ambre. Pour la route !

– Volontiers, remercia le Ver à Soie en s'éloignant gracieusement, mi-chenille, mi-papillon.

X

Dehors, les flocons de neige tourbillonnaient à l'infini comme s'ils n'allaient jamais se poser. Le Temps était à l'envers, il semblait reculer comme s'il avait perdu le rythme, il ne suivait plus la musique, il déraillait. Le Temps dansait à contretemps.

Alice vacillait, elle aurait aimé capter les mouvements de ses humeurs à fleur de peau ; elle ne savait comment s'y prendre.

Comment dire ce qui ne pouvait être dit avec des mots, ce qui demeurait sous les mots, entre eux ou à côté ; dire et taire en même temps ?

Ce jour-là, il lui semblait percevoir ses émotions sous la loupe, comme si elle était captive de quelque gigantesque microscope, agrandie sous un zoom impossible à fermer. Elle tournait en rond, fatiguée par sa propre fatigue, se levait, puis renonçait à se tenir sur des jambes qui refusaient de la porter, et, vaincue, retournait se coucher.

Les choses, se surprit à penser la dame au foulard, les choses entrent parfois en conversation les unes avec les autres, inventent des jeux inédits. Elles peuvent nous emporter de l'autre côté de l'horizon, là où le dehors et le dedans s'échangent et se confondent comme une ouverture vers l'ailleurs, s'encourageait Alice, qui cherchait à poser un regard différent sur les choses familières.

N'importe quoi, de petits riens, des objets épars, venus de souvenirs enfouis, de lieux oubliés, d'une promenade de jadis, gardés sans savoir pourquoi, retrouvés au hasard d'une poche, d'un tiroir, dans le désordre dérisoire des jours, soudain rassemblés, pouvait devenir émouvant, surréaliste, beau « comme la rencontre d'un parapluie et d'une machine à coudre sur une table de dissection ».

Rencontre en apparence sans conséquence, légère et grave, pudique et espiègle, confiante et complice.

Impalpable quotidien : comment le faire surgir d'une lumière, d'une texture, d'une couleur ? La vie était là avec ses misères et ses contrariétés, ses douleurs, ses déceptions, comment l'accueillir telle quelle, puis l'offrir, après métamorphose ? Comment saisir ce qui échappe et oser ne pas s'y dérober ?

Alice errait dans la Maison du Miroir à la recherche de quelques objets qui, unis en une composition encore inconnue, pourraient dire l'indicible.

Alchimie du trouvé ; ni cherché, ni voulu : soudain tout s'accéléra. Guidés par une sorte de regard flottant, balayant l'espace de la maison, ses doigts s'emparèrent d'une paire de jumelles dans son écrin de cuir marqué des initiales de son père, de deux loupes ayant appartenu à sa mère, d'un petit miroir de poche, au dos duquel éteint peint un œil sombre, d'une torsade de métal destinée à tromper l'impatience et d'une fine pince d'usage médical.

Il manquait quelque chose à cette assemblée de cercles, de courbes et de droites : une part de rêve, de fuite. Ses yeux se portèrent alors sur un petit objet singulier, oublié depuis longtemps, rescapé d'une collection inachevée de fèves de galettes des rois, un minuscule voilier de porcelaine.

Une pression du doigt, l'Attrape-Lumière saisit l'étrange rassemblement.

Une phrase de Diderot l'accompagnerait sur son blog :

« Sensible dans le tout et secret en chaque point. »

XI

Le Roi Blanc se tenait devant elle, un compas et une équerre à la main.

– Ne bougez surtout pas, la tança-t-il, je dois vous mesurer sous toutes les coutures. Si vous étiez plate, ce serait plus simple, mais puisque vous êtes, hélas, en trois dimensions, je dois calculer les angles, les sinus et les cosinus ; ne respirez plus sinon tous mes repères vont se déplacer et tout sera à recommencer.

De temps en temps, il dessinait sur la peau d'Alice des repères kabbalistiques, puis disparaissait derrière une vitre avant de revenir, l'air préoccupé, reprenait ses mesures, puis l'abandonnait à nouveau dans la pièce d'examen glacée avant de réapparaître quelques minutes plus tard, s'éloignait, puis récapitulait ses élucubrations logarithmiques, et ainsi de suite pendant presque une heure, sans autre explication.

Alice, qui avait très froid, n'osait se plaindre, elle retenait son souffle de peur de perturber les royaux calculs. Elle aurait bien aimé participer à ces mystérieuses opérations, recevoir quelques informations pour en suivre le cours, mais elle demeura prudemment muette.

Le Roi, lui, parlait sans cesse, en s'agitant autour de son cobaye sans jamais lui adresser la parole, il préférait dialoguer avec lui-même.

– Voilà, cela devrait aller cette fois-ci, il faut que je vérifie, est-ce que j'ai bien pris la mesure de bas en haut ? À quel degré me suis-je arrêté ? Non, je ne suis pas bon aujourd'hui, je reprends. D'ici à là il y a douze degrés, et de là à là-bas il y en a seulement onze, qu'est-ce qui cloche ? Où me suis-je trompé ? Ah là là, se mit-il à geindre, rien ne va plus, qu'est-ce qui m'arrive ? Je ne vois pas ce que je fais ou je ne fais pas ce que je dois. Il me faut douze degrés de chaque côté, ni un de plus ni un de moins. Comment m'y prendre ? Je recommence. D'ici à là, ça colle, mais... j'ai très mal à la tête... je ne suis pas bon aujourd'hui, pas bon du tout, je n'ai pas assez dormi cette nuit, mes voisins se disputent, même dans leur sommeil ils se chamaillent...

– Peut-être devriez-vous prendre un petit quelque chose pour soulager votre migraine, suggéra courtoisement Alice, qui craignait que Son Altesse en blouse blanche ne commette quelque fatale erreur de géométrie dans l'espace.

Mais le Roi ne prêtait aucune attention à la voix qui venait de cette figure complexe qu'il était chargé de transformer en doctes équations. Il poursuivait ses extrapolations, ses allers-retours, et son soliloque :

– Cette fois-ci, je crois que ça va être la bonne...

Voyons voir, est-ce que mon angle d'attaque est correct ? mes demi-cercles ? l'obliquité de l'écliptique ? mes secondes d'arc ? la jointure zénithale ? Oui, oui, on dirait que c'est correct. Merveilleux ! Et mes faisceaux d'irradiation ?... Alpha, bêta, gamma... pas mal, pas mal du tout, on s'approche, on s'approche..., fit-il en s'éloignant à reculons, laissant la dame à demi nue grelotter sous l'appareillage de balistique.

– Voilà, dix sur dix, je me félicite ! s'écria-t-il soudain alors qu'elle s'y attendait le moins. Tous les marquages sont parfaitement posés, tout est dosé, pile poil. Parfaitement parfait. Surtout, n'y touchez pas, la sermonna le Roi Blanc en dévisageant tout à trac sa patiente. Pas une goutte d'eau, ni savon, ni crème, rien. Sept semaines. Vous m'avez bien entendu, n'est-ce pas ? Sept semaines. Pas une de plus, pas une de moins. C'est un impératif catégorique. Mes angles sont précisément en phase. Vous concevrez facilement que la mesure des angles soit le premier pas de la géométrie céleste, poursuivit-il en se frottant les mains de contentement. Bon, je vous laisse, j'ai grand-faim, les radiophysiciens vont vous délivrer de cette merveilleuse machine. Un bijou, vous dis-je, j'espère que vous êtes consciente de votre chance infinie...

XII

– Je suis en avance, en avance, très en avance..., répétait le Blanc Lapin lorsqu'il tomba nez à nez avec son amie Alice qui s'était aventurée dans les allées du Monde du Miroir, espérant y trouver quelque distraction. Pardi, je n'en crois pas mes yeux, c'est tout à fait saisissant, ma montre serait-elle malade, ferait-elle un épisode de tachycardie ?

– Oh, pas si vite, pas si vite, s'émut Alice, n'allez pas au-devant du temps. Il arrivera bien assez tôt, le moment de mon périple au pays des particules. Si ça ne tenait qu'à moi... si je pouvais reculer les aiguilles des cadrans... Tendez votre poignet, je vous prie, je vais prendre le pouls de votre montre... Comme c'est curieux, comme c'est étrange, cette accélération soudaine... Connaissez-vous les théories du professeur Pierre Unique ? En mouvement, chacun de nous se dilate et vieillit plus rapidement. Qu'en dites-vous ? Vous courez sans cesse, ceci peut expliquer cela. À force de vous croire en retard, votre horloge a pris de l'avance. Je ne suis pas mécontente de ce diagnostic, mais... quant à moi, mon cher Lapin, je préfère m'asseoir et attendre que le temps passe tout seul, je ne souhaite pas l'accompagner, qu'il fasse sa promenade sans moi, je le rejoindrai plus tard... le plus tard possible... Allez-y, rejoignez-le si cela vous chante, vous, grommela-t-elle, en regardant le Blanc Lapin se précipiter au-devant de l'avenir.

Lady Cobalt

I

À quel millième de millième de seconde perle une goutte de trop, celle qui déborde d'un nous de cristal ?

Danse de funambules, quelque chose comme une féerie impossible, une grâce de vivre – légèreté grave et déséquilibre consenti –, puis, soudain, la chute. D'elle avait surgi la maladie. S'était-elle produite à son insu ou y avait-elle participé ?

La joie, telle une bulle irisée, fragile, puissante, tel un pari absurde, beau et fou comme l'amour, telle une enveloppe de calme certitude, de confiance aveugle, la joie, cette joie d'un nous intouchable s'était retirée.

Vents et marées, tempêtes et ouragans.

Se pouvait-il que de cette détresse naquît souterrainement la prolifération de cellules anarchiques ?

Aurait-elle pu, aurait-elle dû, transformer l'offense en colère, pour éteindre la morsure du chagrin ? L'adresser au Roi de Cœur et s'en détourner ?

Elle le fit plus tard. Trop tard.

Le basculement avait eu lieu, il y avait désormais un

avant et un après. Elle n'était plus certaine de pouvoir rejoindre jamais l'autre rive.

S'était-elle bercée de faux récits ? Le Pays des Merveilles avait-il été réellement merveilleux ? Rien n'était moins sûr. Le parcourant, elle y faisait des rencontres surprenantes, étranges, extraordinaires, mais le Chat du Cheshire ne cessait de disparaître le sourire en coin, le Lapin de s'éloigner à la poursuite d'un temps hors d'atteinte, le Roi et la Reine de Cœur de vouloir sa mort.

Les contes sont généralement des cauchemars.

Alice avait jadis été une petite fille ; bien sûr, elle avait cessé de l'être, mais quelque chose de l'enfance ne l'avait pas quittée, une certaine ingénuité, les yeux grands ouverts, un désir têtu de ne pas renoncer à tous les désirs. Depuis qu'elle avait réellement traversé le miroir, depuis qu'elle traversait la maladie, elle croyait pouvoir y puiser du courage, de l'imagination, de l'humour, une manière de jeu, d'invention pour faire de la malchance une part de chance à saisir.

Puiser dans le dénuement, l'impuissance, la souffrance et la peur, une nouvelle liberté.

II

1, 2, 3, nous irons au bois,
4, 5, 6, cueillir des cerises,
7, 8, 9, dans un panier neuf,
10, 11, 12, elles seront toutes rouges.

Alice s'était mis en tête de trouver des comptines, des listes, des énumérations qui pourraient l'accompagner dans le voyage aux mille soleils de l'irradiation.

Elle aurait adoré en inventer à l'usage des adultes qui, comme elle, sont restés des enfants, lorsqu'ils rêvent, lorsqu'ils rient; lorsqu'ils souffrent et s'angoissent.

Elle commença ainsi :

2 : le jour et la nuit; 3 : impair, passe et manque; 4 : l'eau, le feu, l'air et la terre; 5 : les sens et les océans; 6 : les faces du dé; 7 : les couleurs de l'arc-en-ciel; 8 : la rose des vents; 9 : les mois pour donner naissance à l'enfant; 10 : les doigts et les chiffres; 11 : les souffles de Brahmā; 12 : les signes du Zodiaque; 13 : les plis des cartes… 26 : les lettres de

l'alphabet… 36 : les chandelles ou les solutions… 40 : les jours du déluge ; 41 : le nombre secret de Jean-Sébastien Bach ; 42 : l'article du code qu'invoqua le Roi de Cœur pour me jeter hors de la salle d'audience du tribunal du Pays des Merveilles…

Alice se remémorait cette scène odieuse avec une intacte indignation.

Rule forty-two : All persons more than a mile high to leave the court.

Non, ce n'était nullement sa taille, elle ne mesurait ni un ni deux *miles*, et de plus, avait-elle soudain plaidé, cet article du code était une pure invention, il n'avait aucune valeur, elle ne se laisserait trancher la tête par personne et sûrement pas par ce méchant couple de cartes sans cœur. Une loi est une loi, et…

Pourquoi diable revient-on immanquablement au lieu que l'on souhaite fuir ? se demanda Alice en se souvenant qu'elle avait tenté de réciter la table de multiplication pour se rassurer au moment de sa chute vertigineuse, sans grand succès, elle devait le reconnaître :

… quatre fois cinq font douze, quatre fois six font treize et quatre fois sept font… À ce train-là, je n'arriverai jamais jusqu'à vingt ! De toute façon, la table de multiplication, ça ne veut rien dire. Essayons plutôt la géographie. Londres est la capitale de Paris, et Paris est la capitale de Rome…

Alice passa l'après-midi et la soirée jusque fort tard dans la nuit à dresser la liste des listes possibles. C'était comme une obsession.

Ce fut un étrange défilé de coqs et d'ânes.

Il y avait la liste rocailleuse des peuples de la Gaule cités par César : Allobroges, Ambarres, Ambiens, Ambivarètes, Atrébates, Atuatuques, Aulerques, Bellovaques et autres Turons et Velliocasses.

Ou celle, champêtre, des rosiers anciens, en V par exemple, comme Vicomtesse Pierre du Fou, Ville de Londres, Velours pourpre ou Vierge de Cléry…

Il y avait l'énumération des jurons du capitaine Haddock : amiral de bateau-lavoir, apprenti dictateur à la noix de coco, bachi-bouzouk, bougre de sauvage d'aérolithe de tonnerre de Brest, chouette mal empaillée, espèce de loup-garou à la graisse de renoncule, faux jeton à la sauce tartare, moule à gaufres, mille sabords de mille sabords, pleurnichard, zouave interplanétaire…

Il y avait l'invitation au voyage des stations de métro de Paris : Château-d'Eau, Réaumur-Sébastopol, Les Halles, Cité, Odéon, Saint-Sulpice… ou de Londres : King's Cross, St. Pancras, Russell Square, Covent Garden, Piccadilly Circus, Hyde Park Corner, Knightsbridge, South Kensington, Gloucester Road… Ou encore celles, imprononçables, de New York : 183rd Street Burnside Avenue, 176th Street, Mt. Eden Avenue, 170th Street, 167th Street, 161st Street-Yankee Stadium…

Elle parcourut la liste des deux cent soixante-cinq papes romains, celle des îles du Pacifique Sud ou des champions olympiques toutes catégories. Elle égrena la succession des anniversaires de mariage : noces de coton, de cuir, de froment, de cire, de bois, de chypre, de laine, de coquelicot, de faïence, d'étain, de corail, de soie, de muguet, de plomb, de cristal, de saphir, de rose, de turquoise, de cretonne, jusqu'aux improbables noces de palissandre, jasmin, chinchilla, granit…

Elle retrouva *L'Inventaire* de Prévert que lui lisait autrefois sa mère :

un citron un pain
un grand rayon de soleil
une lame de fond
un pantalon
une porte avec son paillasson
un monsieur décoré de la Légion d'honneur
le raton laveur

Elle songea à l'énumération des « Je me souviens » de Georges Perec, au catalogue des conquêtes de Don Giovanni ou à la liste des verbes irréguliers anglais…

Elle chercha des prénoms en C, comme Charlie, Corentin, Crésus, Celio, Clémentine, Coralie, Camille, Caroline, Cécile, Claudine, Clotilde… ou des mots commençant par « para », comme paratonnerre, parasol, parapluie, paravent, parachute, paraphrase, paranoïaque…

De guerre lasse, elle abandonna.

Une chanson de Rose se mit à lui trotter dans la tête…

Avoir un peu de spleen
Écouter Janis Joplin
Te regarder dormir
Me regarder guérir…

Jeter tout par les fenêtres
T'aimer de tout mon être
Je ne suis bonne qu'à ça
Est-ce que ça te dé-çoit ?
J'ai rien trouvé de mieux à faire
et ça peut paraître bien ordinaire
Mais c'est la liste des choses
que je veux faire avec toi

III

Qu'est-ce qui va encore m'arriver ? se tourmentait Alice en traversant l'aile gauche de la Centrale de Lady Cobalt.

Ce ne sont pas les irradiations qui m'effrayent, mais d'être enfermée dans une machine inconnue, derrière des portes blindées, hermétiquement closes. Rien que d'y penser, j'étouffe, songeait-elle en serrant au fond de sa poche la petite poupée de cire que lui avait offerte la Fée Praline dans le Labyrinthe des Agitations Vaines de triste mémoire.

Pourvu que je ne sois la prisonnière du songe d'aucune des pièces du jeu d'échecs. Pourvu que je ne croise ni rois, ni reines, ni tours, ni cavaliers. Je ne me sens pas la force de les affronter. Je n'ai guère l'âme d'une guerrière aujourd'hui. J'aimerais que l'on prenne soin de moi avec douceur et respect si cela se peut, si ce n'est pas trop demander à la Faculté !

Le Ver à Soie – ou est-ce son avatar, Cherubino ? je finis par les confondre – m'a promis que la radiothérapeute ou la directrice des radiophysiciens, je ne me rappelle pas comment il l'a nommée… en tout cas, il m'a assuré qu'elle était aussi bienveillante qu'un ange. Espérons qu'il ait dit vrai, s'encourageait-elle en prenant place dans la salle d'attente en face d'une image de lionne léchant son lionceau.

Lady Cobalt sentait la fleur d'oranger et l'eucalyptus. Elle prit son temps, tout son temps, pour détailler le voyage au pays des ondes. Chaque champ, c'est ainsi qu'elle parla, chaque champ ne prendrait que quelques minutes. Les préparatifs exigeaient un peu de patience, il était essentiel d'être placée dans la juste position, mais très vite ce dispositif deviendrait une routine. Selon les jours, il y aurait deux ou trois manipulations, il fallait compter environ quatre-vingt-huit séances, les dernières ne concerneraient que la région de la cicatrice. Elle lui fit visiter l'une des salles où elle s'allongerait pour recevoir les doses de rayonnements délivrés par l'accélérateur de particules.

Chaque machine portait le nom d'une planète comme s'il s'agissait, pour guérir, de parcourir la Voie lactée.

Sur le seuil de la porte, elle lui tendit l'horaire des prochaines semaines : lundi, onze heures trente-six, Neptune, onze heures cinquante-quatre, Saturne ; mardi, onze heures cinquante-quatre, Mars, douze heures quinze, Vénus, etc.

Peut-être devrais-je faire un peu d'astrophysique, s'amusait Alice, qui se sentait nettement mieux en quittant Lady Cobalt qu'en pénétrant dans l'aile gauche de la Centrale du Magnétron une heure et demie plus tôt.

Me plonger dans l'espace-temps du professeur Pierre Unique ou la géométrie chiffonnée du mathématicien Pain d'Amandes, cela me changerait les idées... Rien de tel que de se perdre dans les trous noirs pour échapper à la claustrophobie !

De retour au bercail, elle se promena sur l'attrape-tout et découvrit par hasard, au milieu des turbulences de l'atmosphère, de la fuite des galaxies et des nébuleuses, que son nom avait été donné à une expérience sur l'étude d'une nouvelle phase de la matière : le plasma quark-gluon. J'en suis très flattée, s'émerveillait Alice, qui, un chapeau d'explorateur posé en déséquilibre sur la tête, arpentait le cosmos.

« De l'étoile la plus proche, Proxima du Centaure, la lumière met environ quatre ans et quatre mois à nous parvenir, mais un vaisseau spatial prendrait cent mille ans pour l'atteindre. »

Elle lut et relut plusieurs fois la phrase avant de s'abandonner à ses paresseuses rêveries intergalactiques.

Pourquoi la vitesse de la lumière resterait-elle infranchissable ? Qu'est-ce qu'il y avait par-delà les frontières de l'univers ? Le monde était-il fini ou infini ? Que pouvait signifier l'antimatière ?

Permettrait-elle un jour d'atteindre les étoiles par-dessus nos têtes ?

Y avait-il des réponses à toutes les questions et des questions à toutes les réponses ?

IV

Comment m'habiller pour cette première séance ? se demandait la dame chauve au saut du lit, contemplant les marques noires et les papiers collants qui la couvraient de la taille au cou. Je n'ai rien à mettre qui s'ouvre aisément et soit assez chaud pour ce temps de chien. Peut-être pourrais-je m'offrir un nouveau vêtement... Se faire un petit plaisir, ça met de bonne humeur, marmonnait Alice que cette idée requinquait.

Qu'en penses-tu, Dinah ? Mon moral n'est pas au beau fixe à la veille de ce rendez-vous physico-nucléaire, il serait plutôt au fond de mes chaussettes... Se battre contre soi-même est un combat bien singulier, tellement plus rude à mener que celui de porter le fer chez l'adversaire.

Suis-je une ou deux ? La maladie est-elle mon ennemie ou ma part d'ombre, peut-être même mon trésor ? Et si la Reine Rouge avait raison ? J'ai attrapé la reine des maladies. Et si c'était une chance ?

J'y gagnerais à devenir une reine...

La Reine Alice.

Je serais enfin la reine de mon royaume…

Son chat continuait imperturbablement à ronronner au creux de la moitié de la garde-robe que sa maîtresse venait de répandre sur le sol.

Si j'en avais le cran, je porterais un kimono, ou un déshabillé coquin, ou une cape de prestidigitateur… j'en sortirais des colombes au milieu de leurs barbares appareillages…, imaginait Alice qui aimait l'insolence et l'irrespect.

Tiens, ce long gilet entièrement zippé, c'est exactement ce qu'il me faut, gris comme le ciel de janvier ; c'est parfaitement parfait, dirait le Roi Blanc. Avec un turban rouge et des boucles d'oreilles assorties, j'aurai déjà meilleure mine.

Bon, voilà un problème de résolu. Au suivant.

Il me faut un pensum à lire en attendant l'heure de Neptune… quelque chose à retenir par cœur… un poème, une chanson… que je me répéterais pour supporter la durée d'exposition aux rayons… *Delicate*, de Rice, peut-être…

We might kiss when we are alone
When nobody's watching
We might take it home
We might make out when nobody's there

It's not that we're scared
It's just that it's delicate

V

Un turban pourpre soigneusement serré au bord du front, une feuille de papier pliée dans la main, Alice, à demi nue, passa la porte de Neptune.

Il était onze heures trente-huit. L'attrape-oreilles diffusait un air joyeux, au rythme rapide, énergique, qui n'allait plus la quitter pendant des semaines, qui resterait pour toujours l'hymne de sa promenade interplanétaire.

So called Mr Rock and Roll
He's dancing on his own again

Deux radiophysiciennes s'empressèrent autour d'elle, glissant de petits coussins sous sa tête et ses jambes, manipulant son torse et son bras gauche pour la disposer dans les axes calculés par le Roi Blanc pour Lady Cobalt.

Le bras droit demeuré hors champ, on l'autorisa à tenir son talisman au bout des doigts. Mais le texte trop éloigné de ses yeux était illisible. Sa mémoire lui faisait défaut. Que disait la chanson ?

We might kiss when we are alone…
Nous pourrions nous embrasser quand nous sommes seuls…

Seule, elle l'était.

Les techniciennes s'étaient éclipsées derrière leur écran de contrôle, à l'abri des radiations.

La lampe rouge se mit à clignoter. Les portes de sécurité se refermèrent lentement.

Sans pitié, soupirait-elle comme si ces portails lui vouaient une personnelle hostilité.

Ce ne serait pas long, lui avait promis Lady Cobalt.

Après un silence qui lui parut une éternité, la machine se mit à bourdonner. Si elle s'était mise en marche, elle allait donc s'arrêter, à un moment ou à un autre, se raisonnait-elle.

Ce qui commence généralement s'achève. Rien ne dure toujours…

Parfois on le redoute, parfois on l'espère.

Le monde est mal fait. Le temps n'est jamais en phase, il avance ou recule à contre-courant de nos désirs. Comment le plier à notre volonté et non pas céder aux siennes ?

Compter, il faut compter, comme les moutons, ça trompe l'impatience : 1, 2, 3, 4, 5, 6… Soixante secondes dans une minute, cent vingt dans deux, cent quatre-vingts dans trois… Alice abandonna.

Les chiffres étaient sans âme, il lui fallait des mots, des mots et des images, des sensations, une présence, pour s'échapper, se dissoudre, être ailleurs, intensément ailleurs.

« À votre seul désir, n'oubliez pas », c'était la formule prononcée par la Licorne, quelques mois plus tôt, en lui faisant don d'une chambre obscure.

Et si son présent ne résidait pas dans l'objet visible de l'Attrape-Lumière mais dans l'invisible magie de sa propre imagination ?

We might kiss…
When nobody's watching…
Nous pourrions nous embrasser…
Quand personne ne nous regarde…

Elle plongea dans une secrète rêverie.

Baisers volés,

baisers cachés,

interminable étreinte.

Les portes s'ouvrirent au rythme lent de la lumière clignotante.

Fin du premier champ.

VI

À douze heures vingt-cinq, elle enfilait son manteau.

Deux de moins.

Deux de moins sur quatre-vingt-huit temps d'exposition, ce n'était pas grand-chose mais c'était un début.

C'est le premier pas qui coûte, dit-on, bien que je craigne ne pas être cet « on »-là, s'attristait Alice qui songeait que les jours suivants ne lui coûteraient pas moins.

Comme un général d'armée plante un drapeau miniature sur une carte d'état-major, Alice griffonna un grand « – 29 » au travers du premier matin de son horaire. Plus que vingt-neuf jours.

Il fallait célébrer cette modeste, concrète, silencieuse victoire sur soi.

De gros nuages sombres plombaient le ciel. Un vilain crachin lui mouilla le visage quand elle sortit de l'aile gauche de la Centrale du Magnétron. Elle frissonna, son foulard rapidement transpercé ne la protégeait guère. Elle avait froid de la tête aux pieds.

Un gâteau au fromage et une tasse de thé, s'accorda-t-elle en marchant dans la direction d'une pâtisserie. Pourvu qu'il en reste encore. Le Délice du Palais vend le meilleur cheese-cake du Pays du Miroir, je serais déçue s'il n'y en avait plus. Assez de frustration pour aujourd'hui.

Décidée à ne pas ressortir les mains vides, elle pénétra dans la boutique.

Entêtante, y résonnait la chanson d'Amy Macdonald :

It's so rock and roll to be alone…

– Vous êtes courageuse de sortir par un temps pareil, observa la dame pâtissière derrière son comptoir.

– Je n'avais pas le choix, répondit Alice, je devais me rendre à un rendez-vous ce matin… à la Centrale du Magnétron, ajouta-t-elle sans trop bien savoir pourquoi elle faisait cette confidence à une inconnue. J'aimerais deux parts de cette merveilleuse tarte, s'il vous plaît, et… ajoutez aussi cette tablette de chocolat aux grains de café…

– Je vous comprends, on a besoin de se faire plaisir après ces traitements. Je suis passée par là, ajouta la dame. Je faisais comme vous ; chaque jour, je m'offrais un petit quelque chose. Bon courage et… bonne dégustation !

VII

Ses grandes ailes déployées, Cherubino atterrit en début d'après-midi.

– Puis-je interrompre votre sieste par une petite visite impromptue, chère Alice ?

– Vous tombez à pic, cher visiteur imprévisible, j'étais sur le point de tomber d'épuisement, mais j'ai tellement mal au bras, je ne sais dans quelle position le mettre…

– Voici justement de la crème de massage pour votre stylo et de l'encre de seiche pour votre bras d'écrivain…

– Vous ne croyez pas si bien dire, ma plume va aussi mal que sa propriétaire. Pouvez-vous nous soigner toutes les deux ?

– C'était prévu !

– Quelle chance ! Nous sommes au trente-sixième dessous, soupira-t-elle.

– Il y a pire, répliqua-t-il sans sourciller.

– Vous croyez ?

– Il y a toujours pire !

– Si vous le dites… Pensez-vous que je sois une petite nature ? l'interrogea-t-elle après un moment de silence. En vérité, je ne suis pas très fière de moi. Cette chambre d'irradiation m'inquiète plus qu'il ne faudrait. Ce ne sont que quelques minutes, mais elles me semblent durer une éternité. Pourquoi le temps perçu est-il si différent du temps de l'horloge ? Je ne supporte pas d'être l'esclave de mes sensations… et la seule chose qu'on puisse faire, dirait un vieil ami viennois, c'est garder pour soi son mécontentement…

– Point du tout, chère Alice, exprimez-le. Je serai votre oreille.

– Oh, comme c'est gentil à vous de renverser la vapeur… Je me sens déjà mieux, rien que de pouvoir me plaindre un peu…

– Allez-y, plaignez-vous ! Soupirez. Poussez donc quelques gros soupirs, cela allège l'âme.

– L'idée de ces quatre-vingt-huit champs moins douze à parcourir encore… Vingt-cinq jours… Personne ne parle de cette crainte d'être enfermée… Suis-je donc une mauviette, une alouette, une… gringalette, une freluquette ? questionna Alice en secouant si brusquement la tête qu'elle en fit choir son turban de soie. J'aurais besoin d'une sorte d'interrupteur. Ainsi, quand la surabondance de douleur, de fatigue, de découragement me dévore, je pourrais appuyer sur la touche stop. Vous qui êtes un grand réparateur, peut-être êtes-vous également un inventeur… Si vous me bricoliez cet interrupteur magique…, poursuivit Alice rêveusement.

– Si j'avais ce don, ne doutez pas…

– À moins que, l'interrompit-elle, vous ne soyez un marchand de bulles ?

– Un marchand de bulles ?

– Oui, quand ma fille était petite et qu'elle m'envahissait, je criais : « Au secours, ma bulle est cassée, marchand de bulles, marchand de bulles, j'ai besoin d'une nouvelle bulle ! »

– Je ne savais pas que vous aviez une fille, laissa tomber négligemment le visiteur.

– Une fille et un fils, ils sont chez leur père pour l'instant, précisa-t-elle sans en dire davantage.

Après un long silence, Alice reprit le fil de sa pensée :

– Je souffre de souffrir. Comprenez-vous ? Je souffre deux fois, de souffrir et de me voir souffrir. Cette souffrance me révolte. Non seulement elle me limite, mais j'y adhère… La douleur physique, on ne s'en sent pas responsable, mais l'inquiétude, la peur irrationnelle, elle naît de nous, elle nous colle à la peau. Comment s'en défaire ? soupira-t-elle.

– Je vais vous raconter quelque chose, commença Cherubino en posant sa voix un ton plus bas, cela pourrait vous plaire… Avez-vous entendu parler de la théorie du chaos ?

– Je m'intéresse au cosmos, jeta à tout hasard la dame aux turbans.

– Justement le cosmos et le chaos sont frères jumeaux… La théorie du chaos montre que du simple peut naître du complexe, et du complexe du simple. N'est-ce pas fascinant de découvrir que des systèmes qui sont toujours apparus comme très compliqués obéissent à des lois étonnamment claires ? Au cœur du flocon de neige, par exemple, se trouve l'essence du chaos : un équilibre délicat entre des forces de stabilité et des forces d'instabilité – une interaction féconde. De même, la maladie et la santé ne sont pas opposées, elles forment un système sans cesse en mouvement, l'une contrebalançant l'autre à chaque instant, comme si elles exécutaient un tango…

– Un pas de deux, quelle jolie image… L'idée de danser me plaît même si je n'en ai pas la force… Imaginez un instant que pour se faire soigner, rêva Alice, on irait au bal ou on prendrait des cours de ballet en tutu noir et chaussons à pointe…

– Les docteurs seraient des danseurs et les danseurs des guérisseurs, voilà qui aurait plu à un autre de vos amis, le philosophe qui se promenait sur l'île du lac de Sils Maria, s'amusa Cherubino.

– Oui, approuva-t-elle, il ne croyait qu'à la légèreté et au mouvement, ce cher Friedrich. Il disait aussi que les médecins les plus dangereux sont ceux qui, comédiens-nés, imitent le médecin-né avec un art consommé d'illusion… Savez-vous qu'on raconte qu'en Chine les mandarins ne payaient leur médecin que tant qu'ils étaient en bonne santé ?…

– Oui, et les maîtres taoïstes ou bouddhistes ont toujours recommandé de méditer pour préserver et fortifier son énergie vitale…

– Et les patients anglais préfèrent manger une pomme chaque jour pour éviter la compagnie des docteurs… Mais j'y pense, fit Alice, vous m'aviez promis, il y a fort longtemps déjà, de m'apprendre à me détendre. La relaxation n'est-elle pas une forme de méditation ?

– Si fait, lui accorda Cherubino qui paraissait soudain contrarié. Il est l'heure, je crois, pour moi de prendre congé.

– Oh non, pas encore ! Dites-moi plutôt, comment puis-je me laisser aller, lâcher prise, je n'y arrive pas toute seule…

– Demain, affirma le visiteur en jetant un coup d'œil discret à sa montre.

– Non, non, j'insiste, donnez-moi une piste, un indice, quelque chose pour débuter…

– Eh bien, dans ce cas, se radoucit Cherubino, dès que je serai parti, vous fermerez les yeux, vous accorderez votre attention à votre respiration, vous sentirez votre souffle passer dans vos narines, plus frais quand il y entre et plus chaud quand il en sort, puis… puis vous vous ferez confiance… vous trouverez sûrement votre propre chemin, celui qui vous conduira à la bonne porte… Amusez-vous !

Sur ces mots, il disparut comme il était venu, à tire-d'aile. Alice n'eut pas le temps de lui dire merci.

VIII

Demeurée immobile, allongée sur la chaise longue, elle prit une profonde inspiration, ferma les paupières, se laissa emporter par la houle de sa respiration jusqu'à ce qu'elle se sente envahie par un léger engourdissement.

Elle pensait : inspirez, expirez, puis ses idées se mirent à partir en tous sens. L'impératif « expirez » lui déplaisait, il faisait songer à la mort, ce n'était pas une bonne pensée, elle la rejeta, chercha un synonyme plus approprié, puis y renonça.

Peut-être puis-je respirer sans y attacher de mots, s'encourageait-elle, essayant de retrouver l'agréable torpeur qu'elle venait d'éprouver mais dont son désir de perfection l'avait éloignée. Lui vint alors en tête d'évoquer des odeurs, celles de la sauge et de la citronnelle, du thym et de l'eucalyptus. Se laissant capter par ces sensations olfactives qu'elle faisait mystérieusement naître en elle, elle s'apaisa petit à petit.

Les senteurs éclataient contre les parois de son nez comme si elle froissait des feuilles au milieu d'un carré d'herbes ensoleillé dans le jardin de simples et de plantes médicinales d'un château de Touraine, d'une villa de Toscane ou de Provence.

Bien que le soir fût tombé depuis un moment, qu'elle entendît le bruit de la pluie tambouriner sur les fenêtres de sa chambre de malade au Pays du Miroir, l'évocation des rayons du soleil dansant sur la peau nue de ses bras, de ses épaules, de sa nuque, de son dos, de ses jambes l'emporta. Elle accueillit comme si elle les vivait au présent les trésors de ses sens, cachés dans les plis de son imagination ou de ses souvenirs. La chaleur de cet été surgi au cœur de l'hiver était empreinte d'une douceur enveloppante, d'un sentiment de paix et de plénitude. Elle s'y abandonna comme aux caresses d'un amant après une nuit d'amour.

Il lui venait aux oreilles le roucoulement des colombes, le ruissellement d'une fontaine, le pas furtif d'un jeune homme déguisé en Arlequin…

Elle se promenait dans son corps comme dans un refuge merveilleux, connu d'elle seule, s'y laissant glisser, dériver d'un lieu à l'autre, avec la sensation calme, précise, luminescente d'être emportée dans le flux de la vie.

IX

Le lundi suivant, la dame au foulard turquoise traversait l'aile gauche de la Centrale de Lady Cobalt d'un pas plus assuré. À son programme, trois champs.

Elle se sentait d'attaque.

Réveillée à l'aube, elle s'était perdue dans les volumes de la bibliothèque, toujours à la recherche d'une liste magique pour l'accompagner dans son voyage interplanétaire. Fouillant parmi les dictionnaires, les atlas, les anthologies de poésie et les récits d'explorations, elle avait finalement découvert ce qu'elle espérait.

Quatre-vingt-huit.

Quatre-vingt-huit : c'était le nombre prévu de ses expositions aux rayons. Or les astronomes divisaient précisément le ciel en quatre-vingt-huit constellations : aux douze du Zodiaque Ptolémée en avait ajouté trente-six, parmi lesquelles la Princesse Andromède, la Reine Cassiopée, le Roi Céphée, le Cygne, la Coupe, le Dauphin, le Dragon ou la constellation du Triangle.

Des marins hollandais du dix-septième siècle en cartographièrent dix supplémentaires, à celles-ci s'ajoutèrent les constellations de la Licorne, de la Girafe, de la Croix du Sud.

Johannes Hevelius proposa, pour sa part, les constellations des Chiens de Chasse, du Lynx et du Sextant.

Au dix-huitième siècle, l'abbé Nicolas Louis de La Caille compléta la carte du ciel de l'hémisphère Sud en lui offrant des noms d'instruments de mesure : Boussole, Burin, Compas, Horloge, Microscope, Télescope ou Machine pneumatique…

La constellation de la Chevelure de Bérénice, à l'ouest du Lion, ou celle du Peintre, originellement nommée constellation du Chevalet du Peintre, faisaient rêver Alice.

L'idée de parcourir le chemin des étoiles, de vagabonder en leur compagnie à des centaines de centaines d'années-lumière au-dessus de la petite chambre de radiothérapie où elle devait se tenir impassible, alors qu'elle ne souhaitait qu'une seule chose : s'en échapper, allégeait un peu, un tout petit peu, son souci.

À l'enfermement répondrait l'évasion. Elle flotterait hors de son corps meurtri… là-bas, infiniment loin d'elle-même.

« Commencez par le commencement, et continuez jusqu'à ce que vous arriviez à la fin. »

Alice n'avait pas oublié la logique imparable de l'ordonnance du Roi sans Cœur. Comment l'appliquer aux milliards de milliards de galaxies ? Quelle était la porte d'entrée de la sphère céleste ?

Elle prit le parti de débuter son périple par l'unique constellation qu'elle connaissait : la Grande Ourse.

Depuis le matin, elle se récitait une suite de noms aux consonances orientales comme un alchimiste, penché sur ses cornues, répéterait des formules incantatoires dans l'espoir de voir le plomb se changer en or.

« La Grande Ourse, un simple carré formé par les quatre étoiles Phekda, Megrez, Merak et Dubhe, auquel est accroché le long manche de l'alignement d'Alioth, Alcor, Mizar et Alkaid… »

X

Quand la machine se mit à bourdonner, Alice oublia le nom des étoiles.

Alcor, Azor, Mithra, Phélon... elle ne retrouvait plus aucune des syllabes gourmandes répétées depuis le lever du jour.

La Grande Ourse s'était dissoute dans l'oubli.

Égarée, Alice était égarée ; elle avait perdu la carte du ciel, perdu le chemin de la sérénité.

Le ciel obscur ne se laissait pas pénétrer. La porte de la mémoire demeurait close. La porte de la chambre d'irradiation demeurait close.

La respiration suspendue, la dame au foulard noué flottait sans consistance au-dessus de rien. Le bourdonnement monocorde n'emplissait guère le silence. Il n'y avait plus d'avant, il n'y avait plus d'après, seulement un présent morcelé, haché, informe comme un impudique bégaiement du temps.

L'univers vivait depuis des milliards d'années, et ces quelques secondes qu'il lui fallait traverser résistaient.

Lady Cobalt lui avait promis la brièveté, le Ver à Soie lui avait parlé de la joie.

C'est la joie seule qui est le remède, la joie seule, se répétait-elle.

Alors Alice plongea dans le baiser dérobé. Elle se perdit dans l'étreinte secrète, l'étreinte joyeuse, celle d'un baiser qui ne finirait jamais.

XI

Ulysse de Kerouarch aimait les couchers de soleil et l'intelligence rusée des mythes grecs.

Qui mieux que lui pourrait me raconter l'histoire des étoiles qui portent le nom des dieux et des héros antiques ? se dit Alice en quittant l'aile gauche du service de Lady Cobalt.

À l'heure où le soleil s'embrase avant de basculer dans la nuit, elle l'avait souvent vu suspendre sa parole, se détourner de la conversation, faire un pas de côté, un très bref moment, presque imperceptible. Il semblait alors saisi par la beauté du monde, par l'éphémère beauté de la vie humaine.

Les anciens Grecs célébraient cette précarité de l'humanité, rappelait-il volontiers, sans se dissimuler ce qu'elle a de terrible, la mort, la mort des êtres chers en particulier. Cet univers humain périssable, marqué du sceau de la fragilité, leur paraissait préférable à l'immortalité, porteuse d'ennui.

Il me manque tellement, pensait-elle en regagnant à petits pas sa chambre du miroir.

– Que deviendrait chaque jour, avait confié jadis Ulysse à son amie Alice, que deviendrait chaque jour si tout ce que chaque jour apporte n'était pas précisément aussi fragile, voué à disparaître ?

Elle n'avait pas oublié ses paroles, qui l'avaient d'abord chagrinée, dont elle percevait à présent la troublante vérité.

– Ainsi, avait-il poursuivi, peut-on comprendre la séduction qu'exercent sur certains dieux de l'Olympe les jeunes mortelles, qui jouent au bord de la mer ou cueillent des narcisses. Sans doute les dieux sont-ils sensibles au fait qu'elles sont d'autant plus belles qu'elles se trouvent dans la fleur de l'âge, qu'elles atteignent un point fugace d'épanouissement à l'horizon duquel se profile déjà la menace de la vieillesse et de la mort.

Après un instant de silence, presque de recueillement, il avait conclu à voix basse, comme pour lui seul :

– Il faut saisir les belles choses au moment où elles se présentent. Il faut les cueillir comme une bénédiction *parce qu*'elles sont mortelles.

XII

Plume, ma Plume, il faut que je te reprenne en main. Tu crachotes, pauvre complice. Je vais te nettoyer, ton encre est séchée... Viens là, que je te bichonne. Nos pirouettes et nos grands écarts ne te manquent donc pas ? Allons, est-ce toi qui rechignes à présent ? Ne veux-tu plus valser avec moi ? Cherubino dit que danser, c'est guérir un peu. Je serais bien incapable de faire un pas de deux avec un autre cavalier que toi, murmura Alice en dénouant son turban trop ajusté.

J'avais peur de finir mon histoire, vois-tu ? Maintenant au contraire j'ai presque hâte d'y mettre la dernière touche, d'en sortir, de passer à autre chose. Elle me fait trop souffrir ; elle accroît ma douleur, soupira-t-elle.

Écrire cette fantaisie, ce conte, n'est pas une évasion, cela prolonge mon désarroi, mes hésitations. Tout s'embrouille. Les frontières entre réalité et fiction s'estompent. Je ne m'y retrouve plus sur le damier de mes échecs. De ce côté-ci du monde, tout est symétriquement à l'envers, et comme j'ai toujours confondu la gauche et la droite, tu peux imaginer dans quel tohu-bohu je me sens.

Qui suis-je ? Alice ou son reflet ? Un pion ballotté d'une case à l'autre, aux mains de la Reine Rouge ou du Roi Blanc, ces majestés scientifiques qui me soignent et me guérissent, mais à quel prix ?

Comment savoir si tout cela n'est qu'un rêve ou la vraie vie, avec ce qu'on nomme pudiquement ses aléas, ses soucis, ses accidents ?

Le ciel était brillant entre deux averses ce matin, j'ai cueilli quelques instantanés avec l'Attrape-Lumière. Je venais de le retrouver par hasard, mais il n'y a peut-être pas de hasard, tout arrive à son heure, n'est-ce pas, chère Plume, qui ne cesse d'apparaître puis de disparaître au fil de mes jours et de mes nuits, dont l'alternance d'absence et de présence me laisse tantôt fébrile et tourmentée, tantôt, au contraire, heureuse et confiante ?

Je venais de récupérer ma vieille règle d'écolière à bouts carrés, avec ses couleurs enfantines, jaune, rouge, vert et bleu. Peut-être l'as-tu connue, jadis ?… Peut-être même étiez-vous compagnes de plumier et de cartable ? T'en souviens-tu ? Non ? Tu ne me réponds rien, ce n'est pas grave. Cette règle, vois-tu, aujourd'hui ne me sert plus à souligner ni à tracer des figures géométriques, elle ressemblerait même un peu à celle qu'utilisait le Roi Blanc pour faire ses marques sur ma peau.

« Mauvais, je suis pas bon, pas bon du tout… Ah, cette fois-ci c'est parfait, parfaitement parfait », fit Alice en imitant la voix royale. Je grelottais, tu n'as pas idée, pendant toutes ses manipulations millimétriques, mais le métier d'une patiente, c'est par définition de patienter. Il n'y a aucune exception à cette règle, crois-moi, Plume.

Évidemment, toi, si tu tombais malade… ça se dirait tomber en panne ou dysfonctionner, être cassé… Avoir besoin de réparations, au mieux de quelques réglages…

Peut-être cela te demande-t-il également de la patience, remarqua Alice en manipulant avec précaution le stylographe dont elle actionnait la pompe du réservoir pour tenter de le remplir. Vais-je y arriver seule ou aurons-nous besoin du concours de notre ange gardien ?

Que penses-tu de cette composition : la règle, la fillette au cerceau posée sur le chiffre treize et les élastiques le long de son chemin vers un avenir plus clément ? En français on dit une « nature morte », mais cet assemblage respire l'espoir, je préfère l'anglais qui dit *still life*, « encore la vie »…

Voici la phrase de Fellini que j'inscrirai sur mon blog en légende : « Il n'y a pas de fin, il n'y a pas de début. Il n'y a que la passion infinie de la vie. »

Tu parais contrariée, Plume, ai-je dit ou fait quelque chose qui te déplaise ? Ah, j'ai une petite idée… tu n'aimes pas que je me distraie avec les mots des autres, tu veux être la maîtresse des lieux et des jeux, seuls les mots qui s'écoulent de toi comptent, ai-je bien deviné ? Oui, ce me semble, tu hoches ta fine pointe, n'est-ce pas ? Tu as raison, sans doute mieux vaut tailler ses propres mots que chausser ceux d'autrui, faire du sur mesure, du cousu main…

Tu vas croire que je tergiverse à nouveau, que je me dérobe, mais je dois t'avouer que l'Attrape-Lumière est une sorte de stylographe à sa façon. Surtout ne te vexe pas, tu n'as aucune raison d'être jalouse. Tu es unique et j'ai pour toi un amour absolu. Pour te rendre hommage, je pourrais dire métaphoriquement que j'« écris » mes photographies. J'ai besoin de vous deux comme de mes deux mains ou de mes deux yeux.

Je me sers de l'Attrape-Lumière pour tenter de saisir quelque chose de l'insaisissable, des mouvements incessants de nos réalités intérieures, comme si j'espérais pouvoir montrer non pas le manteau mais la doublure de nos émotions.

Tu t'impatientes, tu piaffes comme un jeune animal qu'on bride trop longtemps, je suis presque prête, accorde-moi seulement un petit délai… Je tourne les pages du *Château* de Kafka, une intuition me dit que j'y trouverai la phrase qui manque à la seconde image. Regarde-la, c'est un petit bateau qui essuie tempêtes et ouragans sans faire naufrage, il n'est pas très grand, pas très fort, et, bien qu'il roule, tangue et craque de partout, il résiste, il ne sombre pas. Sur le point de couler, il se redresse, se cabre et va de l'avant, contre tous les démons marins, il poursuit sa route, guette le rivage d'une île au loin. Écoute ceci, voilà les mots :

« Car au fond ils l'obligeaient à n'avoir recours qu'en soi, ils l'aidaient à tenir ses forces concentrées. »

Je suis apaisée à présent, Plume, j'ai fait ce que j'avais à faire, dit ce que j'avais à dire. Viens, love-toi au creux de mes doigts, enlaçons-nous, jetons-nous sur la piste. D'abord un tour pour rien, s'échauffer avec quelques gribouillages, des traits, des boucles... Voyons ce qui va surgir à notre insu...

Sans rien choisir ni maîtriser, il bascula de l'autre côté. Il s'engouffra dans le tableau, s'égara entre les buissons de myrte et d'aubépine, s'approcha furtivement du portrait.

La Dame et le photographe se regardèrent longtemps en silence.

Tu vacilles ? Dis-moi, veux-tu déjà marquer une pause ? Crains-tu que nous fassions fausse route ? Que risquons-nous ? Cette histoire reste entre nous, n'est-ce pas ? Personne n'en saura rien. C'est notre secret. Qui pourrait lire dans nos mots ce qui s'y cache, ce qui à nous-même échappe ?

Viens, poursuivons cette fable.

Il la trouva extrêmement pâle. Sa peau luisait d'un éclat fiévreux. Il posa deux doigts sur son poignet, son pouls battait trop vite, sa respiration devint hachée, haletante. Elle était à bout de souffle, il prit peur qu'elle ne fasse un malaise. Alors sans hésitation, sans un mot, il la couvrit d'un châle et l'emporta.

Elle se laissa faire, ne protesta pas. Elle semblait flotter au-dessus des nuages, presque irréelle, ne sachant plus à quel siècle elle appartenait. De l'aube de la Renaissance à cet étrange présent, elle ne savait quel lieu, quel temps elle vivait.

Que dis-tu de ce qui naît de toi, de nous ? En penses-tu du bien ou du mal ? Plus de mal que de bien ? Ce n'est pas important. Ce n'est qu'un brouillon, un premier jet, un galop d'essai… Ne te cabre pas, avançons, nous verrons bien où cela nous mènera… Imitons nos personnages, ne cherchons pas à maîtriser ce qui surgit. Laissons-nous surprendre.

Jusqu'à cet instant, l'Italienne s'était crue la muse immortelle du prince des peintres ; la Fornarina ignorait qu'une tumeur s'était glissée dans son sein. Sur son sourire, son regard malicieux, ses lèvres gourmandes, s'était répandu au fil des siècles un imperceptible voile de mélancolie. Il n'avait pas échappé à l'œil du photographe. Elle ne pouvait plus porter le masque de la pudeur.

La Dame enturbannée se savait en danger.

Voyons, arrête, cesse de tacher mes doigts ; poursuivons, je t'en prie, ne nous arrêtons pas en chemin, bon ou mauvais. Nous nous relirons plus tard. La fable n'est pas achevée.

Son chevalier servant posa la main sous celle de sa compagne pour la soutenir sans rien lui en laisser paraître. La Dame s'y appuya plus qu'elle ne l'aurait souhaité. Une grande lassitude la gagna. Elle n'opposa aucune résistance à ce qui allait suivre. Elle y consentait, elle était au bord de l'évanescence.

Il la fit traverser l'espace et le temps du tableau, enjamber les bords du cadre.

Non, non, cher stylographe, ne cherche pas ton capuchon, c'est trop tôt. Ne me quitte pas maintenant. Ne t'enfuis pas, je t'en prie. Je serais trop malheureuse. Ne te dérobe pas, j'ai encore besoin de toi. Tu m'es si cher, tu m'emportes comme sur un tapis volant…

Ne te demande pas sans cesse si l'histoire est plausible, ni comment elle va se terminer, je n'en ai aucune idée. Qu'importe, l'alphabet appartient à chacun.

La Dame de jadis et le Chevalier des Images venaient de franchir le deuxième cercle.

Un pacte les unissait.

Pourquoi le deuxième cercle ? demandes-tu. Je t'avoue n'en rien savoir, ça m'est venu, je ne peux rien en dire. Par quelle curieuse alchimie les mots s'épousent-ils, le sais-tu, toi ?

Restons-en là.

Jusqu'au revoir, Plume d'ange, Plume d'écriture, allons nous coucher.

XIII

– Tiens, vous vivez toujours ? questionna le Grincheux qui sortait de sa tanière au moment où sa voisine revenait de sa quinzième visite à la Centrale de Lady Cobalt.

– Vous n'êtes pas devenu plus aimable, répliqua Alice sans s'émouvoir. Oui, je vis toujours et je suis même devenue immortelle. J'ai été élue à l'Académie Royale et Impériale des Amateurs de Gingembre Confit !

– Fichtre, malepeste ! Quel honneur ! Je déteste cette racine piquante et savonneuse qui vous arrrrache la bouche !

– Soyez narquois, ça m'est indifférent. Sachez que lorsqu'on me l'a annoncé, j'ai moi-même eu un fou rire de plusieurs minutes, ce qu'ils ont pris pour une forme de consentement. Je n'avais jamais rien entendu de si cocasse dans les circonstances présentes. Vous me voyez appartenir à cette noble compagnie le crâne chauve et le corps couvert de marques au feutre noir ? Les membres de cette confrérie portent un habit de cérémonie assorti à une mitre verte, imaginez celle-ci sur mes turbans, j'aurais l'air de porter une pièce montée, ça n'aurait aucune allure... Bien sûr, j'adore le gingembre sous toutes ses formes, en poudre, en lamelles, sucré, salé, enrobé de chocolat, en biscuit, en curry, en boisson... j'ai même essayé un jour d'en confire moi-même, une vraie catastrophe, c'était devenu une informe bouillie noire, immangeable, je me demande pourquoi ils m'ont élue...

– Vous avez raison, ça n'a aucune allure, votre académie, moi je fais partie de moult sociétés savantes comme la Société des Paniers de Crabes, l'Association des Jardiniers de Balcons, l'Amicale des Anciens de l'Université d'Outre-Tombe et le Cercle des... des... je ne retrouve plus son nom...

– Le Cercle des Grincheux, peut-être..., laissa tomber Alice sans sourciller. Dans une autre vie, j'appartenais moi-même à l'École Supérieure des Psychanalystes Muets, j'ai également fréquenté jadis le Séminaire Lacunaire, vous en avez sûrement entendu parler...

– Non, jamais.

– Et avez-vous déjà participé au pique-nique des non-anniversaires ?

– Vous faites bien trop de cas de ce vieil excentrique de Lewis Carroll..., commença-t-il.

– Mais je ne vous permets pas, je lui dois la vie. Comment osez-vous ? l'arrêta Alice, vibrante de colère.

– Ne prenez pas chaque mot que je prononce contre vous, répliqua son voisin. Vous n'êtes jamais qu'une arrogante créature de fiction. Restez donc à votre place, entre les pages d'un livre, et n'en sortez pas ! Vous êtes encombrante avec vos insomnies, vos académies, vos embrouillaminis et vos bibis décatis…

– Monsieur, je ne vous connais pas, rétorqua Alice en s'écartant. Vous et vos ridicules points sur les *i*, vous n'avez strictement aucune existence, vous n'appartenez pas à la littérature, vous n'en êtes même pas un personnage secondaire. Nous ne sommes pas du même monde ! laissa-t-elle dédaigneusement tomber. Adieu donc.

XIV

C'est la tête pleine de calculs que la dame au turban noir franchit la porte de la Centrale du Magnétron à onze heures cinq précises.

Trois champs dans deux machines différentes au programme : Neptune à onze heures trente-six, Saturne à onze heures cinquante-quatre.

Son seul désir, c'était d'en finir au plus vite, se faire un petit cadeau à la sortie, puis rejoindre sa chambre pour une longue sieste avant l'irruption de ses habituels visiteurs imprévisibles.

Moins douze, était-ce déjà deux tiers ? Tout s'était compliqué depuis que Lady Cobalt avait ajouté trois jours supplémentaires à ses rendez-vous nucléaires. Trois jours, mais combien de champs ? Où en suis-je ? s'interrogeait-elle sans pouvoir se raccrocher à aucune addition ni soustraction durablement stables. Les chiffres se laissaient manipuler en tous sens comme s'ils acceptaient de signifier une chose et son contraire sans s'émouvoir le moins du monde de perdre toute précision, toute cohérence, toute fiabilité.

Se pouvait-il que les mathématiques ne soient guère plus rationnelles que les êtres humains ? Cette pensée troublait Alice, qui aurait aimé qu'au milieu des incertitudes de sa vie il y eût quelques repères infaillibles. Était-ce naïf ? Fallait-il renoncer à tout et même à cela, un peu de certitude dans un océan d'incertitude et de chaos ?

Qu'avait donc raconté le Ver à Soie ou son acolyte aux ailes translucides – l'un et l'autre étant, par ailleurs, pareillement déroutants, tout comme son vieux complice le Blanc Lapin – à propos des théories du cristal et de la fumée, de la poussière de Cantor et des invisibles dimensions des cordes ? Au fur et à mesure que l'on pénétrait dans l'inconnu, l'inconnaissable s'élargissait…

Est-ce ma dix-neuvième visite accomplie ou seulement la dix-huitième ? M'en restera-t-il douze ou treize encore ? Ces calculs obsédaient la dame au turban chancelant.

À l'abri des regards, elle dénoua puis renoua son bandeau de laine plusieurs fois avant qu'il ne tienne en place, chaque pli entrelacé dans le précédent jusqu'à la prochaine secousse.

Rien ne se passa comme d'habitude.

L'aile gauche bruissait des voix animées de l'équipe des physiciennes et des physiciens qui devisaient en piochant à tour de rôle des friandises dans une grande boîte sophistiquée à multiples compartiments qu'ils faisaient circuler entre eux en riant et en s'esclaffant.

Se partageaient-ils le cadeau de quelque patient soulagé d'avoir terminé son traitement ? Alice signala discrètement sa présence, mais personne n'y prêta attention. Lorsque quelqu'un la remarqua, lui lançant un regard désapprobateur comme si elle troublait l'ordonnance d'une fête privée, ce fut pour lui signaler que toutes les machines étaient en révision et qu'il faudrait subséquemment patienter. On viendrait la chercher dans l'une des deux salles d'attente. Subséquemment, répéta-t-il comme si le mot sonnait agréablement dans sa bouche en compagnie de la ganache qui y fondait, enrobant chacune de ses syllabes.

Contrariée, Alice rejoignit sa place habituelle près de l'image de la lionne léchant son lionceau. Au moins celle-ci ne lui tournait-elle pas le dos pour lui faire sentir qu'elle n'était pas la bienvenue.

Attendre, toujours attendre.

D'une des chambres de radiations s'échappa l'air entêtant, énergique et familier de son hymne :

But now she's lost her way
And where does she go from here ?
Mais à présent elle a perdu son chemin
Et d'ici où donc va-t-elle aller ?

XV

Une silhouette traversa furtivement le damier du jeu des miroirs. Alice suivit des yeux le personnage fantomatique qui avançait, une fine aura de lumière nimbant chacun de ses gestes curieusement découplés comme des images au ralenti.

Enveloppée d'une courte tunique blanche, la jeune femme, qui avait l'allure d'une Romaine ou d'une habitante de Pompéi, retroussait le bas de son vêtement qui laissait découvrir des pieds chaussés de sandales rouges gracieusement tressées. L'un de ses pieds reposait sur le sol, l'autre ne le touchait que de la pointe des orteils, tandis que la semelle et le talon s'élevaient presque à la verticale.

Cette démarche singulière retint l'attention d'Alice, qui ne put s'en détacher jusqu'au moment où la dame rompit sa contemplation d'une voix étonnamment claire et bien timbrée, où passait comme l'ombre d'un très léger accent étranger, et lui demanda sans autre préambule :

– Qui êtes-vous ?

– Qui êtes-vous ? répondit Alice en écho.

– Parlez la première, invita la dame aux sandales.

– Parlez la première, rétorqua Alice, intriguée mais sur ses gardes.

– Je ne vous ai jamais rencontrée, j'aimerais faire votre connaissance, dit l'inconnue.

– Je ne vous connais pas davantage, remarqua Alice.

– Nous pourrions devenir des amies, ainsi nous nous connaîtrions, proposa la première.

– Au contraire, nous pourrions faire connaissance et peut-être qu'un jour, plus tard, nous deviendrions des amies, suggéra la seconde.

– Il y a des coups de foudre d'amitié.

– Oui, approuva Alice, j'ai un ami quelque part dans les étoiles. Je l'ai aimé au premier regard. Il a changé ma vie. Je ne serai plus jamais la même. Il m'a offert son rire et son épée, pour me protéger, pour que je puisse me défendre…

– Vous préférez les hommes aux femmes, conclut tristement l'étrangère en relevant le bas de sa courte tunique, nous ne partagerons pas la même aventure…

Elle s'éloigna comme si une page s'était tournée, l'avait engloutie.

Se pouvait-il qu'elle fût un personnage de fiction comme moi ? se demanda Alice, ne sachant si cette idée la séduisait ou lui paraissait d'une troublante étrangeté.

La silhouette à la démarche singulière s'était-elle échappée de sa fantaisie pompéienne par erreur ou à dessein ?

Et si cette mystérieuse inconnue est venue hanter les pages de *mon* récit, continua-t-elle à s'interroger, se pourrait-il qu'il m'arrive de m'égarer à mon tour dans les paragraphes d'un univers dont je ne serais pas l'invitée ?

Chaque personnage n'appartient-il qu'à un seul livre ?

Chaque personne à une seule vie ?

Alice regardait la pointe de ses bottes noires, songeant à celles du Petit Prince. Il ne lui aurait pas déplu de se glisser entre les pages de cette histoire qui n'était pas la sienne, son histoire à lui, de le rejoindre sous les traits de l'aviateur, du renard ou, mieux, de la rose… de sa rose… Car des Alice au milieu du désert du Sahara, à mille milles de toute terre habitée, il n'y en avait guère.

Alice et le Petit Prince ne s'étaient jamais rencontrés et ne se rencontreraient jamais.

La fiction a ses limites et ses contraintes, comme la vraie vie, songeait-elle avec tristesse.

Rien n'est parfait.

Nulle part.

XVI

À quel moment et de quelle façon se retrouva-t-elle dans un magasin de jouets qui ressemblait aux coulisses d'un théâtre, cet événement ne s'inscrivit jamais dans sa mémoire.

Sans en avoir eu l'intention, elle enfilait des marionnettes au bout de ses doigts et se mettait à inventer des dialogues imaginaires entre des princesses au petit pois et des crocodiles, des nains et de grands méchants loups, des papillons, des papapillons et des grands papapillons.

Elle eut la brève tentation de raconter la rencontre d'Alice et du Petit Prince, mais y renonça.

Sans qu'elle s'en aperçût, la dame qui tenait la boutique l'écoutait discrètement depuis un moment déjà. Assise derrière le comptoir, elle avait fermé les yeux pour savourer chaque mot comme on laisse fondre un bonbon sur la langue, se retenant de le croquer trop vite.

Elle demeurait parfaitement immobile, n'osant

signaler aucune trace de sa présence par crainte de voir la narratrice s'arrêter dans son élan.

C'était magique d'assister à la naissance d'un conte, sans scène ni rideau, sans public, sans que résonnent d'abord les rituels trois coups. D'ordinaire, seuls les enfants jouissent de ce privilège, à la tombée de la nuit redoutée, celui d'entendre se dérouler les péripéties rocambolesques de créatures jaillies des lèvres d'un aîné, inventées pour leur exclusif et éphémère plaisir.

À la vibration très particulière du silence qui emplissait à présent le magasin de jouets, la marionnettiste devina l'attention dont son improvisation était devenue l'objet. Elle marqua un imperceptible instant d'arrêt pour reprendre son souffle, dissiper l'émoi qui la traversait, puis poursuivit comme si de rien n'était le fil de sa fiction.

Jamais elle ne se serait crue capable d'oser se laisser aller ainsi sur les ailes des songes, à voix haute, ou même seulement à mi-voix.

Pourtant peut-être n'avait-elle jamais eu d'autre rêve que celui-là, devenir une conteuse, une dentellière qui brode d'arachnéennes arabesques de soie pour suspendre quelques secondes encore la marche du temps.

XVII

– L'ai-je pris, ce comprimé, oui ou non ? Je suis devenue une pharmacie ambulante, se désolait Alice au milieu des flacons, tubes et plaquettes aux noms impossibles à retenir devant le Troll imperturbablement souriant. Regardez, mon bras, mon décolleté, rouge homard, vous avez vu ? S'il me restait un gramme d'humour, je vous proposerais de partager une crème brûlée en mon honneur ! Viendrai-je à bout de ces allers-retours chez Lady Cobalt ? Rassurez-moi ! Je passe mes jours et mes nuits à compter et recompter les champs parcourus et ceux qu'il me reste à parcourir. Et puis ? Qu'est-ce qui m'attend à la fin du compte à rebours ? Certains dépriment, paraît-il. Cela suppose d'avoir été primé d'abord… Connaissez-vous l'histoire du ver mi-sot ? C'est du Lewis Carroll tout craché… Oh, mais j'y pense, la meilleure, vous connaissez la meilleure ? J'ai croisé dans l'aile droite de la Centrale, ce matin, une bénévole, la malheureuse, elle a cru bien faire ; pour me consoler, elle n'a rien trouvé de mieux que de me promettre que d'ici quelques semaines j'allais pouvoir à nouveau repasser comme auparavant.

« Elle ne se doutait pas que j'ai toujours été aussi mauvaise en repassage qu'en géographie, et je vous épargne la liste de toutes mes incompétences, nombreuses et variées. Si au moins elle m'avait promis que j'allais retrouver de l'énergie pour faire le tour du monde en quatre-vingts jours, ou voyager vingt mille lieues sous les mers ou... ou... je ne sais pas... découvrir l'art de se réconcilier avec soi-même et les autres, de méditer sur une jambe... Tiens, je me demande comment se débrouillerait le Ver à Soie avec ses mille deux pattes... N'importe quoi, mais pas le repassage ! Est-ce tout l'avenir qui m'est promis, conduire un fer à repasser ? Si à quelque chose malheur est bon, je préférerais conduire un vaisseau spatial ou une voiture à toute allure... cheveux au vent..., rêvait Alice, effleurant son crâne dans l'espoir d'y sentir la naissance des premières boucles.

XVIII

– Regardez, ma chevelure commence à repousser, s'émerveilla Alice en accueillant le Ver à Soie qui portait des rayures turquoise et violettes ce jour-là. Touchez, fit-elle en écartant légèrement son foulard. Je me sens comme un poussin sorti de sa coquille, une jeune pousse…

– Ne vous réjouissez pas trop vite, la mit-il en garde un peu brusquement, ce n'est qu'une fausse alerte, il faudra tondre ce premier duvet, les vrais cheveux pousseront seulement plus tard.

– Oh, vraiment ? s'émut Alice, désappointée.

Elle remit vivement le turban en place et s'allongea sur le sofa tout en découvrant l'épaule et le bras pendant que le Ver à Soie jonglait avec sa fiole d'huile.

– Soyez patiente, ajouta-t-il d'un ton plus amène, constatant la mine déconfite de son hôtesse. Vous n'êtes plus très loin du but, mais il y a encore du chemin à parcourir. Ne vous découragez pas, le pire est derrière vous. Vous venez d'essuyer six ouragans et des dizaines et des dizaines d'irradiations, vous aborderez bientôt des eaux moins agitées, mais ne vous laissez pas séduire par la voix trompeuse des sirènes. Le voyage n'est pas achevé, loin de là. Rappelez-vous, le damier des échecs du Pays du Miroir comporte soixante-quatre cases et des milliers et des milliers de manières de le traverser. Ne vous précipitez pas sur l'ennemi, restez immobile, concentrez vos forces, déployez une stratégie de la durée, de la lenteur, soyez tenace. Le moment venu, vous bondirez comme le tigre dans la jungle, mais ce n'est pas le moment, insista le Ver à Soie en massant un point douloureux.

Alice fit la grimace.

– Et si je ne le voyais pas quand il se présentera ? questionna-t-elle d'une toute petite voix, jouant sans le savoir avec le bracelet de sa montre, l'enroulant et le déroulant comme si la spirale qui naissait puis disparaissait sous ses doigts recelait la réponse à sa question.

– Les détours sont indispensables, reprit-il, je vous l'avais dit dès notre première conversation : s'éloigner pour s'approcher, prendre les chemins obliques, les traverses, louvoyer, vous en souvenez-vous ?

– Oui, je m'en souviens. Il n'empêche. Vous me déstabilisez. Rien n'est parfait. Nulle part, marmonna-t-elle en posant sa montre et ses boucles d'oreilles sur la table basse auprès des bougies qu'elle venait d'allumer et du bouquet de muscaris qui semblait, soudain, ne promettre qu'un trop lointain printemps.

– Rien n'est parfait, nulle part, et c'est cela qu'il faut accepter, Alice. Il n'y a pas d'autre alternative : accueillir l'instant tel qu'il se présente, tel qu'il est. Une rose est une rose est une rose..., commença-t-il.

– Un muscari est un muscari et Alice n'est qu'une Alice qui n'est qu'une pauvre Alice qui, elle-même, n'est qu'une pauvre pauvre Alice...

– Oui, sourit le Ver à Soie, c'est ainsi et c'est bien ainsi. Laissez les vagues vous emporter, épousez-les, rien ne peut vous arriver, vous êtes en sécurité. Sous l'amplitude des marées gît l'océan immense, puissant, paisible. Faites-vous confiance. Sous les ressacs de vos humeurs, de vos découragements, de vos enthousiasmes, demeure l'essence de vous-même.

– La part d'indestructible que j'ai découverte dans le dénuement du Labyrinthe des Agitations Vaines ?

– Oui, c'est cela, votre part d'indestructible, ce que rien ni personne ne pourra plus jamais vous enlever. C'est à vous, c'est vous.

– Alors, demanda Alice d'une voix presque transparente, je ne me suis pas perdue en vain ? Traverser le miroir, ce n'était pas seulement une catastrophe, c'était aussi une chance... sans plus chercher à se défendre, à se protéger, à se cacher, à vouloir éviter à tout prix ses peurs, oser faire connaissance avec soi.

XIX

Alice rêva d'Alice.

Il y avait une multitude d'Alice.

La créature inventée par Lewis Carroll et son modèle, Alice Liddell, devenue Mme Hargreaves.

Il y avait également Alice aux turbans qui jouait aux échecs et était devenue la Reine Alice, Sa Majesté la Reine malade.

Toutes les malades étaient des reines.

Comment Alice supportait-elle d'appartenir à la fiction ? Où était-elle pour de vrai ? Quelle fut sa vie, sa vie à elle ? De quel côté penchait-elle ? Si elle avait pu choisir, aurait-elle pris le parti de la réalité ou celui de la littérature ?

La rêveuse déposait la figurine du Petit Prince, échappé d'un autre rêve, sur une photographie d'Alice prise par Lewis Carroll.

Les yeux emplis d'étoiles, Alice et le Petit Prince se regardaient.

Étaient-ils vivants ? Étaient-ils des êtres d'imagination ? Que pensaient-ils l'un de l'autre ? Qu'éprouvaient-ils l'un pour l'autre ?

L'impossibilité de la rencontre par-delà les rêves et leurs incarnations contradictoires ? Le désir de franchir les limites du possible ? Mais où se rejoindre ?

Leurs deux mondes ne coïncidaient pas, il n'y avait pas de raccords, pas de bord à bord synchrone, toujours persistait un mince et infranchissable décalage, comme un grain de tristesse, de désillusion.

Peut-être fallait-il l'accepter : cela seul qui est notre intimité extrême comme la coïncidence douloureuse et troublante d'une part de soi qui ne s'accomplira jamais.

On pouvait vouloir rêver et incarner ses rêves, mais… il restait un *mais* en suspens.

XX

– Il est l'heure, Alice, l'apostropha le Blanc Lapin. Regardez ma montre, les aiguilles se sont rejointes, je ne suis ni en retard ni en avance, je suis à l'heure, Alice, votre heure. L'heure du champagne, m'avez-vous annoncé ! Me voici, à vos côtés, pour célébrer cet instant de délivrance, la fin du voyage dans l'accélérateur de particules de Lady Cobalt.

– Comment vous remercier ? s'enquit-elle. Comment aurais-je traversé ces épreuves sans votre compagnie, celle de mon ange gardien… et de ses avatars ?

– Autrement, Alice, autrement, répliqua sobrement son compagnon.

– Peut-être, peut-être…, s'entêta Alice qui, lorsqu'elle avait une idée, n'y renonçait pas volontiers. Peut-être avez-vous besoin de raconter l'histoire de cette manière, mais pour moi, voyez-vous, cela ne fait aucun doute, ce n'est pas ainsi que les choses se sont passées. Et puis, ajouta-t-elle en plongeant les yeux dans les yeux du Blanc Lapin, ne m'enlevez pas ce que j'éprouve : le sentiment heureux d'une dette infinie…

– Si vous y tenez, Alice, je ne vous contredirai pas. Chaque histoire peut se raconter de plusieurs manières. Votre version de l'histoire n'est pas exactement ma version de l'histoire. Mais c'est *votre* traversée derrière le miroir, je n'ai pu que vous y accompagner, être à vos côtés quand vous aviez besoin de moi. Vos compagnons de route et moi-même n'avons rien fait, seulement parfois donné une chiquenaude, une petite impulsion, l'élan était en vous, l'élan *est* en vous…

Alice écoutait en silence.

– Nous sommes passés par là, continuait le Blanc Lapin, les yeux brillants, comme les nuages dans le ciel, les pas sur le sable du désert dont l'empreinte s'efface… et dont il restera pourtant une trace quelque part, une infime trace.

– Infime, reprit Alice d'une voix très douce, infime peut-être, inaltérable, vous le savez bien.

– Je ne sais rien… À votre santé, Alice, fit-il en levant son verre.

– À vous, Blanc Lapin, à votre santé. Merci à votre manière, parfois surprenante, d'être toujours là.

La Forêt du Pas à Pas de la Convalescence

I

L'animal fabuleux se tenait près d'une fontaine, guettant l'arrivée de la dame du miroir.

Dès qu'il la vit descendre au jardin, il inclina sa corne d'ivoire en guise de révérence, l'invita à se hisser sur son dos, l'emporta à califourchon jusqu'à l'orée d'un bois.

– Est-ce la Forêt-où-les-choses-n'ont-plus-de-noms ? questionna Alice, qui depuis qu'elle avait basculé de l'autre côté se demandait quand elle la traverserait.

Allait-elle, comme Lewis Carroll l'avait imaginé, y perdre jusqu'au souvenir de son propre nom, faire la rencontre, pour le voir tout aussitôt disparaître, d'un compagnon au regard sauvage et doux, un faon qui aurait pareillement oublié les mots des êtres et des choses ?

– Non, fit la Licorne en secouant la tête, ici commence la Forêt du Pas à Pas de la Convalescence. Il m'est interdit de vous accompagner, vous devez y entrer seule et seule vous y promener. Cependant, vous découvrirez les indices que j'y ai semés à votre intention. Ainsi votre solitude sera-t-elle habitée par les traces de ma présence. Je ne peux vous en dire davantage…

Alice se tenait immobile auprès de l'unicorne, retenant sa respiration, le regard interrogateur. Il prononça alors ces mots qu'elle tenta d'inscrire dans sa mémoire :

– Lorsque vous avez traversé le miroir, lorsque vous avez basculé dans la maladie, lorsque vous êtes devenue tout à la fois pion et reine sur le damier des échecs, je vous ai offert une chambre obscure, vous l'avez baptisée l'Attrape-Lumière. Vous y avez puisé la puissance des images et de l'imagination. Maintenant, aux abords de la Forêt du Pas à Pas de la Convalescence, laissez-moi vous faire un deuxième don. Il ne s'agit pas, cette fois-ci, d'un objet, mais d'une idée, de phrases à méditer : « Le présent est le présent. Le présent est un cadeau permanent. Il contient tous les possibles, le présent contient l'imprévisible. Il n'y a pas d'autre liberté. Le présent contient à chaque instant toute la vie. »

– « Le présent contient à chaque instant toute la vie… », répéta-t-elle en s'éloignant vers la Forêt, dans laquelle elle s'enfonça avec une certaine appréhension, en même temps qu'une certaine allégresse.

Au moment de disparaître sous la voûte des branches noires, dénudées par l'hiver, elle se retourna pour saluer d'un timide signe de la main la Licorne qui – elle se sentit soulagée de le constater – la suivait des yeux.

Comme elle débouchait au bout de l'allée des hêtres sur un petit rond-point au centre d'une clairière, son cœur se mit à battre très vite. Cette courte marche l'avait déjà épuisée. Pour faire une halte elle s'appuya contre le tronc d'un arbre. L'écorce en était soyeuse et magnifiquement rayée de beiges et de bruns. Elle la caressa du bout des doigts.

De quelle manière cela se produisit, elle ne put jamais le raconter lorsque plus tard elle voulut en faire le récit.

Une des branches effleura son épaule et lui souffla à l'oreille :

– Vous devriez entrer par le sentier de l'Aube, ici vous vous trouvez au carrefour des Cavalières, ce n'est pas l'ordre de la promenade, rebroussez chemin pour l'heure et revenez demain dans la matinée. Une surprise vous attendra.

II

Le lendemain Alice était au rendez-vous.

Ce fut par l'Est qu'elle pénétra dans la Forêt. Ses bottes faisaient crisser les feuilles mortes. La brume enveloppait les sous-bois d'un manteau d'humidité et de mystère. Elle s'arrêta pour écouter le silence.

Un peu plus loin, sur la droite, elle découvrit un panneau qui indiquait « Allée du Kiosque à Musique ». Le nom lui plut, elle s'y engagea gaiement malgré la fatigue.

Un certain picotement agitait ses veines, une joyeuse impatience.

Qu'avait voulu lui confier la Licorne ? Toujours une idée la tirait vers le passé ou l'avenir. Cette course incessante formait le paysage familier de ses pensées. Comment s'en échapper ? Comment demeurer présente au présent ?

Alors que se dessinait devant elle la silhouette d'un ancien pavillon de musique, elle croisa une promeneuse avec qui elle échangea sans savoir pourquoi un regard de complicité. Elle lui offrit son plus grand sourire.

Elle se sentait rayonnante, lumineuse. Pour la première fois depuis des mois et des mois, elle osait se formuler ce qu'elle avait évité de s'avouer jusque-là : elle avait failli mourir. Peut-être était-ce d'être revenue de là, de cette proximité avec la mort, que venait sa lumière.

Avec légèreté elle poursuivit sa route, sans savoir où elle la mènerait.

Une lettre était posée en évidence, là devant elle, sur un pupitre à partitions rouillé. Pas l'ombre d'un doute ne l'effleura, cette enveloppe lui était destinée, elle l'ouvrit.

Deux cartes à jouer y étaient glissées : un 6 et un 2 de Cœur ; elle n'hésita pas longtemps, c'était le 26, la date du jour. À leur côté, une phrase des *Confessions* d'Augustin :

> Trois sortes de temps existent dans notre esprit : le présent du passé, c'est la mémoire, le présent du présent, c'est l'intuition directe, le présent du futur, c'est l'attente.

Alice quitta la Forêt par le chemin des Anémones, un air de *La Flûte enchantée* aux lèvres.

III

Voilà deux semaines que j'ai terminé mes séances chez Lady Cobalt, se réjouissait Alice, récitant comme une bénédiction les deux fois sept jours qu'elle venait de vivre : lundi, mardi, mercredi... lundi, jour de la Lune, mardi, Mars, mercredi, Mercure, jeudi, Jupiter, vendredi, Vénus, samedi, Saturne...

Au diable les accélérateurs de particules, n'accélérons surtout rien...

Il lui fallait savourer cet instant. C'était presque inouï d'avoir achevé le parcours des quatre-vingt-huit champs d'exposition. Elle osait à peine y croire.

L'air entrait et sortait de ses narines... C'était un moment de délice absolu.

Puis ses idées reprirent leur habituel vagabondage par monts et par vaux, chevauchèrent le passé ou le futur. Le maintenant se dérobait avec obstination.

Je n'y arriverai jamais, se lamentait Alice. Pourquoi notre esprit nous enchaîne-t-il tantôt vers l'amont, tantôt vers l'aval, en un mouvement perpétuel de va-et-vient, de roulis et de tangage sur l'océan de nos pensées ?

Il n'y avait pas de réponse.

Ses idées la ramenèrent à l'animal féerique.

Le premier don de la Licorne lui avait apporté de la joie sans rien exiger en retour. L'Attrape-Lumière l'ancrait dans l'immédiateté. Une lamelle de temps arrêtée dans son flux incessant se trouvait cadrée, saisie, préservée dans une pure et infinie présence. De là venaient cet apaisement, cette allégresse presque enfantine qu'elle ressentait à chaque prise.

Le second don de la Licorne ne l'invitait plus seulement à se laisser aller au gré de sa fantaisie. Il prescrivait plus de rigueur, de discipline. C'était une invitation à demeurer pleinement ici et aujourd'hui ; ni ailleurs, ni demain, ni hier. À accueillir et à cultiver chaque heure de la vie.

La Licorne me proposerait-elle pour ne plus capter que les instants de devenir un Attrape-Lumière ?

Et Alice la Malice ne put s'empêcher de se faire à elle-même une farce : et si, tout compte fait, elle avait perdu son nom au fond des bois, elle pourrait en choisir un autre, elle s'appellerait… elle s'appellerait… l'Attrape-Présent.

IV

Sans indication ni message, sans carte ni boussole, elle débuta sa promenade par l'allée du Vivier d'Oie, emprunta au bas de la côte le chemin de l'Embarcadère et longea le lac au milieu duquel un vieux chalet attendait d'être restauré.

Assise sur un banc, elle observait les canards se poursuivre, basculer soudain la tête dans l'eau pour se nourrir, puis renouer d'intenses conversations en cancanant de plus belle.

Je souffre du Temps qui ne passe pas, se plaignait-elle intérieurement en croisant et décroisant les jambes avec agacement. J'ai beau être devenue reine, le souverain Temps est plus grand roi que moi. Aucune médecine ne vient à bout de ce maître terrible. Les chemins de la convalescence n'en finissent pas. Est-ce pour dompter mon impatience que la Licorne m'a engagée à déambuler dans la Forêt du Pas à Pas ?

Ne pas être pressée d'arriver quelque part, être là où l'on est, ne rien chercher d'autre.

Alice vit au loin un homme qui promenait ses chiens, elle se pencha pour ramasser une plume d'oie.

La Licorne n'avait pas menti, la Forêt lui donnait des ailes.

Pour sortir du bois, elle traversa l'allée des Genêts.

C'est alors qu'Alice découvrit l'immense carré de la pelouse au centre de laquelle trônait le chêne du Pays des Merveilles, l'arbre à cartes de jadis… Mais en s'approchant, quel ne fut pas son étonnement d'y trouver au creux d'une racine, posé à la naissance du tronc, un Roi de Carreau, la couronne sertie de délicates plumes blanches flottant au vent…

V

Alice vivait une nouvelle histoire.

La compagnie des arbres, des nuages, de l'eau du lac, des oiseaux, de tous les habitants des bois, lui apprenait que chaque chose venait à son heure, en son temps, à son rythme.

Comme la fatigue la submergeait encore souvent, certains matins la dame enturbannée faisait la marmotte, abandonnait l'idée d'arpenter la Forêt pour en suivre les méandres par l'évocation de leurs noms : chemin des Iris, sentier des Faunes, allée du Jeu de Cricket, voie des Deux Triangles, chemin du Minotaure…

S'il m'arrivait de rencontrer la Bête du Labyrinthe de Dédale, je ne serais pas effrayée. Je ne crains ni les monstres ni les dragons, je peux les affronter et même les terrasser ! s'amusait-elle en cédant à la fanfaronnade. Je suis la Reine Alice, je descends dans l'arène, prête au combat, en lice ! Alice n'a peur de rien.

Elle éclata de rire.

VI

Pour sa première sortie en ville, elle se rendit à l'invitation d'une galerie de photographies. Elle portait un turban lie-de-vin, on crut à une coquetterie. Elle ne démentit pas. L'irrévérence l'aurait poussée à révéler que sous la couronne de soie elle était royalement chauve, ou à peine en cheveux, mais elle se tut.

Deux heures durant, elle donna le change, fit comme si de rien n'était. Chacun la trouvait radieuse, paraissait presque l'envier ou la jalouser. C'était étrange.

Personne ne pouvait donc lire la vérité sur son visage, ses gestes ? Rien ne transpirait ? Ce qu'elle éprouvait était à mille lieues de son apparence.

Ce qu'elle venait de vivre, c'était son secret, et son trésor.

Ou alors… il aurait fallu…

… inventer un conte.

VII

Alors...

Alice enlèverait sa robe devant la glace de sa chambre, elle verrait le miroir devenir aussi inconsistant que de la gaze, se changer en une sorte de brouillard, et soudain se sentirait happée de l'autre côté...

Table

Du même auteur

Le Racisme
MA Éditions, 1985

La Vie quotidienne de Freud
et de ses patients
Hachette, 1986

et au Seuil
dans « La Librairie du XXIe siècle »

L'Homme Freud
1991

Casanova
ou l'exercice du bonheur
1995

La Voix des amants
2002

Comment j'ai vidé
la maison de mes parents
2004

Panique
2005

Lettres d'amour en héritage
2006

Comment je me suis séparée
de ma fille et de mon quasi-fils
2009

Lydia Flem est également l'auteur
d'une des vingt-huit « chambres » publiées
dans Olivier Rolin & Cie
Rooms
2006

La Librairie du XXIe siècle

Sylviane Agacinski, *Le Passeur de temps. Modernité et nostalgie.*

Sylviane Agacinski, *Métaphysique des sexes. Masculin/féminin aux sources du christianisme.*

Sylviane Agacinski, *Drame des sexes. Ibsen, Strindberg, Bergman.*

Giorgio Agamben, *La Communauté qui vient. Théorie de la singularité quelconque.*

Henri Atlan, *Tout, non, peut-être. Éducation et vérité.*

Henri Atlan, *Les Étincelles de hasard I. Connaissance spermatique.*

Henri Atlan, *Les Étincelles de hasard II. Athéisme de l'Écriture.*

Henri Atlan, *L'Utérus artificiel.*

Henri Atlan, *L'Organisation biologique et la Théorie de l'information.*

Henri Atlan, *De la fraude. Le monde de l'onaa.*

Marc Augé, *Domaines et Châteaux.*

Marc Augé, *Non-lieux. Introduction à une anthropologie de la surmodernité.*

Marc Augé, *La Guerre des rêves. Exercices d'ethno-fiction.*

Marc Augé, *Casablanca.*

Marc Augé, *Le Métro revisité.*

Marc Augé, *Quelqu'un cherche à vous retrouver.*

Marc Augé, *Journal d'un SDF. Ethnofiction.*

Jean-Christophe Bailly, *Le Propre du langage. Voyages au pays des noms communs.*

Jean-Christophe Bailly, *Le Champ mimétique.*

Marcel Bénabou, *Jacob, Ménahem et Mimoun. Une épopée familiale.*

Marcel Bénabou, *Pourquoi je n'ai écrit aucun de mes livres.*

Julien Blanc, *Au commencement de la Résistance. Du côté du musée de l'Homme, 1940-1941.*

R. Howard Bloch, *Le Plagiaire de Dieu. La fabuleuse industrie de l'abbé Migne.*

Remo Bodei, *La Sensation de déjà vu.*

Ginevra Bompiani, *Le Portrait de Sarah Malcolm.*

Julien Bonhomme, *Les Voleurs de sexe. Anthropologie d'une rumeur africaine.*

Yves Bonnefoy, *Lieux et Destins de l'image. Un cours de poétique au Collège de France (1981-1993).*

Yves Bonnefoy, *L'Imaginaire métaphysique.*

Yves Bonnefoy, *Notre besoin de Rimbaud.*

Philippe Borgeaud, *La Mère des Dieux. De Cybèle à la Vierge Marie.*

Philippe Borgeaud, *Aux origines de l'histoire des religions.*

Jorge Luis Borges, *Cours de littérature anglaise.*

Italo Calvino, *Pourquoi lire les classiques.*

Italo Calvino, *La Machine littérature.*

Paul Celan et Gisèle Celan-Lestrange, *Correspondance.*

Paul Celan, *Le Méridien & autres proses.*

Paul Celan, *Renverse du souffle.*

Paul Celan et Ilana Shmueli, *Correspondance.*

Paul Celan, *Partie de neige.*

Michel Chodkiewicz, *Un océan sans rivage. Ibn Arabî, le Livre et la Loi.*

Antoine Compagnon, *Chat en poche. Montaigne et l'allégorie.*

Hubert Damisch, *Un souvenir d'enfance par Piero della Francesca.*

Hubert Damisch, *CINÉ FIL.*

Luc Dardenne, *Au dos de nos images*, suivi de *Le Fils* et de *L'Enfant*, par Jean-Pierre et Luc Dardenne.

Michel Deguy, *À ce qui n'en finit pas.*

Daniele Del Giudice, *Quand l'ombre se détache du sol.*

Daniele Del Giudice, *L'Oreille absolue.*

Daniele Del Giudice, *Dans le musée de Reims.*

Daniele Del Giudice, *L'Horizon mobile.*

Mireille Delmas-Marty, *Pour un droit commun.*

Marcel Detienne, *Comparer l'incomparable.*

Marcel Detienne, *Comment être autochtone. Du pur Athénien au Français raciné.*

Milad Doueihi, *Histoire perverse du cœur humain.*

Milad Doueihi, *Le Paradis terrestre. Mythes et philosophies.*

Milad Doueihi, *La Grande Conversion numérique.*

Milad Doueihi, *Solitude de l'incomparable. Augustin et Spinoza.*

Jean-Pierre Dozon, *La Cause des prophètes. Politique et religion en Afrique contemporaine*, suivi de *La Leçon des prophètes* par Marc Augé.

Pascal Dusapin, *Une musique en train de se faire.*
Norbert Elias, *Mozart. Sociologie d'un génie.*
Rachel Ertel, *Dans la langue de personne. Poésie yiddish de l'anéantissement.*
Arlette Farge, *Le Goût de l'archive.*
Arlette Farge, *Dire et mal dire. L'opinion publique au XVIIIe siècle.*
Arlette Farge, *Le Cours ordinaire des choses dans la cité au XVIIIe siècle.*
Arlette Farge, *Des lieux pour l'histoire.*
Arlette Farge, *La Nuit blanche.*
Alain Fleischer, *L'Accent, une langue fantôme.*
Alain Fleischer, *Le Carnet d'adresses.*
Alain Fleischer, *Réponse du muet au parlant. En retour à Jean-Luc Godard.*
Lydia Flem, *L'Homme Freud.*
Lydia Flem, *Casanova ou l'exercice du bonheur.*
Lydia Flem, *La Voix des amants.*
Lydia Flem, *Comment j'ai vidé la maison de mes parents.*
Lydia Flem, *Panique.*
Lydia Flem, *Lettres d'amour en héritage.*
Lydia Flem, *Comment je me suis séparée de ma fille et de mon quasi-fils.*
Nadine Fresco, *Fabrication d'un antisémite.*
Nadine Fresco, *La mort des juifs.*
Françoise Frontisi-Ducroux, *Ouvrages de dames. Ariane, Hélène, Pénélope…*
Marcel Gauchet, *L'Inconscient cérébral.*
Jack Goody, *La Culture des fleurs.*
Jack Goody, *L'Orient en Occident.*

Anthony Grafton, *Les Origines tragiques de l'érudition. Une histoire de la note en bas de page.*

Jean-Claude Grumberg, *Mon père. Inventaire*, suivi d'*Une leçon de savoir-vivre.*

Jean-Claude Grumberg, *Pleurnichard.*

François Hartog, *Régimes d'historicité. Présentisme et expériences du temps.*

Daniel Heller-Roazen, *Écholalies. Essai sur l'oubli des langues.*

Daniel Heller-Roazen, *L'Ennemi de tous. Le pirate contre les nations.*

Jean Kellens, *La Quatrième Naissance de Zarathushtra. Zoroastre dans l'imaginaire occidental.*

Jacques Le Brun, *Le Pur Amour de Platon à Lacan.*

Jean Levi, *Les Fonctionnaires divins. Politique, despotisme et mystique en Chine ancienne.*

Jean Levi, *La Chine romanesque. Fictions d'Orient et d'Occident.*

Claude Lévi-Strauss, *L'Anthropologie face aux problèmes du monde moderne.*

Claude Lévi-Strauss, *L'Autre Face de la lune. Écrits sur le Japon.*

Nicole Loraux, *Les Mères en deuil.*

Nicole Loraux, *Né de la Terre. Mythe et politique à Athènes.*

Nicole Loraux, *La Tragédie d'Athènes. La politique entre l'ombre et l'utopie.*

Patrice Loraux, *Le Tempo de la pensée.*

Sabina Loriga, *Le Petit x. De la biographie à l'histoire.*

Charles Malamoud, *Le Jumeau solaire.*

Charles Malamoud, *La Danse des pierres. Études sur la scène sacrificielle dans l'Inde ancienne.*

François Maspero, *Des saisons au bord de la mer.*

Marie Moscovici, *L'Ombre de l'objet. Sur l'inactualité de la psychanalyse.*

Michel Pastoureau, *L'Étoffe du diable. Une histoire des rayures et des tissus rayés.*

Michel Pastoureau, *Une histoire symbolique du Moyen Âge occidental.*

Michel Pastoureau, *L'Ours. Histoire d'un roi déchu.*

Michel Pastoureau, *Les Couleurs de nos souvenirs.*

Vincent Peillon, *Une religion pour la République. La foi laïque de Ferdinand Buisson.*

Vincent Peillon, *Éloge du politique. Une introduction au XXI*[e] *siècle.*

Georges Perec, *L'infra-ordinaire.*

Georges Perec, *Vœux.*

Georges Perec, *Je suis né.*

Georges Perec, *Cantatrix sopranica L. et autres écrits scientifiques.*

Georges Perec, *L. G. Une aventure des années soixante.*

Georges Perec, *Le Voyage d'hiver.*

Georges Perec, *Un cabinet d'amateur.*

Georges Perec, *Beaux présents, belles absentes.*

Georges Perec, *Penser/Classer.*

Michelle Perrot, *Histoire de chambres.*

J.-B. Pontalis, *La Force d'attraction.*

Jean Pouillon, *Le Cru et le Su.*

Jérôme Prieur, *Roman noir.*

Jérôme Prieur, *Rendez-vous dans une autre vie.*

Jacques Rancière, *Courts Voyages au pays du peuple.*

Jacques Rancière, *Les Noms de l'histoire. Essai de poétique du savoir.*

Jacques Rancière, *La Fable cinématographique.*

Jacques Rancière, *Chroniques des temps consensuels.*

Jean-Michel Rey, *Paul Valéry. L'aventure d'une œuvre.*

Jacqueline Risset, *Puissances du sommeil.*

Denis Roche, *Dans la maison du Sphinx. Essais sur la matière littéraire.*

Olivier Rolin, *Suite à l'hôtel Crystal.*

Olivier Rolin & Cie, *Rooms.*

Charles Rosen, *Aux confins du sens. Propos sur la musique.*

Israel Rosenfield, *« La Mégalomanie » de Freud.*

Jean-Frédéric Schaub, *Oroonoko, prince et esclave. Roman colonial de l'incertitude.*

Francis Schmidt, *La Pensée du Temple. De Jérusalem à Qoumrân.*

Jean-Claude Schmitt, *La Conversion d'Hermann le Juif. Autobiographie, histoire et fiction.*

Michel Schneider, *La Tombée du jour. Schumann.*

Michel Schneider, *Baudelaire. Les années profondes.*

David Shulman, Velcheru Narayana Rao et Sanjay Subrahmanyam, *Textures du temps. Écrire l'histoire en Inde.*

David Shulman, *Ta'ayush. Journal d'un combat pour la paix. Israël Palestine, 2002-2005.*

Jean Starobinski, *Action et Réaction. Vie et aventures d'un couple.*

Jean Starobinski, *Les Enchanteresses.*

Anne-Lise Stern, *Le Savoir-déporté. Camps, histoire, psychanalyse.*

Antonio Tabucchi, *Les Trois Derniers Jours de Fernando Pessoa. Un délire.*

Antonio Tabucchi, *La Nostalgie, l'Automobile et l'Infini. Lectures de Pessoa.*

Antonio Tabucchi, *Autobiographies d'autrui. Poétiques a posteriori.*

Emmanuel Terray, *La Politique dans la caverne.*

Emmanuel Terray, *Une passion allemande. Luther, Kant, Schiller, Hölderlin, Kleist.*

Camille de Toledo, *Le Hêtre et le bouleau. Essai sur la tristesse européenne*, suivi de *L'Utopie linguistique ou la pédagogie du vertige.*

Camille de Toledo, *Vies pøtentielles.*

Jean-Pierre Vernant, *Mythe et Religion en Grèce ancienne.*

Jean-Pierre Vernant, *Entre mythe et politique.*

Jean-Pierre Vernant, *L'Univers, les dieux, les hommes. Récits grecs des origines.*

Jean-Pierre Vernant, *La Traversée des frontières. Entre mythe et politique II.*

Nathan Wachtel, *Dieux et Vampires. Retour à Chipaya.*

Nathan Wachtel, *La Foi du souvenir. Labyrinthes marranes.*

Nathan Wachtel, *La Logique des bûchers.*

Nathan Wachtel, *Mémoires marrans. Itinéraires dans le* sertão *du Nordeste brésilien.*

Catherine Weinberger-Thomas, *Cendres d'immortalité. La crémation des veuves en Inde.*

Natalie Zemon Davis, *Juive, catholique, protestante. Trois femmes en marge au* XVIIe *siècle.*

Le Seuil s'engage pour la protection de l'environnement

Cet ouvrage a été imprimé sur papier FSC (www.fsc.org) bouffant Médiopaque.
FSC est une association d'utilité publique internationale qui s'engage pour une exploitation durable des forêts.
Elle est soutenue par toutes les grandes organisations environnementales, par des organisations engagées sur le plan social et des organisations de l'économie forestière et du bois.
Elle est indépendante et ne poursuit en aucun cas des intérêts financiers.

Ce livre a été imprimé chez un imprimeur labellisé Imprim'Vert, marque créée en partenariat avec l'Agence de l'Eau, l'ADEME (Agence de l'Environnement et de la Maîtrise de l'Énergie) et l'UNIC (Union Nationale de l'Imprimerie et de la Communication).
La marque Imprim'Vert apporte trois garanties essentielles :

- la suppression totale de l'utilisation de produits toxiques ;
- la sécurisation des stockages de produits et de déchets dangereux ;
- la collecte et le traitement des produits dangereux.

RÉALISATION : IGS-CP À L'ISLE-D'ESPAGNAC
IMPRESSION : NORMANDIE ROTO IMPRESSION S.A.S. À LONRAI
DÉPÔT LÉGAL : FÉVRIER 2011. N° 102819-4 (110760)
IMPRIMÉ EN FRANCE